天 山 詩選 140

이 솔 제8시집

날고파 그독수리

한기 10961
한웅기 5922
단기 4357
공기 2575
불기 2568
서기 2024
도서
출판 天山

날고파 그독수리

이 솔 제8시집

上元甲子
8937
+2024
10961
5922
4357
2575
2568
2024

도서 출판 天 山

철새 마중살이

하늘 저편 철새떼 돌아오고 있다

서해안 하늘을 덮고 무리지어 날개로 이어지고
깃털까지 미세한 연결로 큰그림을 펼치고 온다

하늘을 덮은 새떼의 비상이 아득히 가볍다
날개로 먼거리를 휩싸안고
내가 모르는 그곳 이야기 전해주는구나
까맣게 물결치며 쏴르르 몰리다가 다시 펴지고
유연히 떠서 흐른다 - 날 깨워 손잡아 줘 -

거침없음의 철새떼 돌아온다
오늘도 날고픈 이들에게 모래사장에서
내가 전해주는 이야기들
철새떼소리 멀리서 들리면

뛰어가 손흔들어 맞으며 부리엔 콕콕 쪼인다
그꼬리날개에 묻어 날고있는 설레임

철새 돌아와 콧노래 부른다
'나 왔어요' 큰원 그리며
편안한 이야기 나누고 피로한 날개 쉬게 한다
철이 지나고, 맞이하며 이야기 나누는 삶을

이제까지 나는 내 이야기를 정리하고
날개에 묻어온 이야기를 계속 쓰는 시인으로
철새와 더불어 오가며 설레임으로 기다림으로
돌아오고 그리고 때맞춰 날아간다

철새떼 기다리며 이야기를 시로 쓰는 날까지
나는 시인이라 부른다

2023. 겨울. 수리산밑에서.

이　솔

제2부/ 감격으로, 아픔으로, 노래부르며 말달린다

제3부/ 초록속 바람소리 듣는 넉넉한 느티

제5부/ 가슴에 피는 꽃

제1부 ——————— 바퀴는 길을 멈추지 못한다

바퀴는 멈추지 못한다

잉크 빛으로 안겨버립니다

나이테만큼 다가오는

물 음 표

큰그림을 그리자

날·고·파 그독수리

자연의, 자연에 의한

박쥐 날다

바퀴는 멈추지 못한다

둥근바퀴로 굴러간다
세모난바퀴로 굴러간다
네모난바퀴로 굴러간다

바퀴들이 지나간 자국이 모두 선으로
그려지는 길이다
바퀴가 비틀거리며 힘겹다
제각각 제길 고집하고 제길만 간다

제바퀴로 제길 간다
둥글고세모나고네모진 바퀴로
소리없이 굴러간다
자갈길에서 머리깨지게 구르며간다
진흙탕길에서 혼신의 힘으로 제길 간다
둥글지도 세모나지도 네모도 아닌

모든 길이 둥근바퀴로 굴러간다, 생각한다
세모나고네모난 바퀴로 간다, 생각한다
모두 생각속에서 의심 품지않는다
익숙하게 제길을 간다
비교할 줄 모르는 그저 익숙한 긍정으로
순박한 길을 멈추지 못·한·다

잉크 빛으로 안겨버립니다

바람이 몰아치는 날이면
강물은 소리죽이며 밤에만 웁니다

앞산이 잉크 빛으로 번지다가
회색빛으로 짙어지면서 비가, 비가 쏟아집니다
물위에 유성 물감 떨어뜨리고
색채들의 춤꼬리가 퍼져나가는 움직임을 따냈습니다
해를 뒤집어쓴 해바라기의 그리움을 담아냅니다

아름다운 것을 슬픔이라 단정짓겠어요
아름다움과 마주하는데
슬픔이 솟다니요
마법의 피리로 쪽빛 달빛으로 웃는 여인

하늘은 바다를 바라보고 바다는 종일 하늘을 사랑하다가
잉크 빛 하늘에 안겨버립니다

나이테만큼 다가오는

살짝 우울이 슬픔인 양 얼굴에 피어난다
따스한 설렘으로 접어든 그길에서 만난
웃음으로 피는 다른 얼굴은

초원의 광야에 얼굴들 어울려 흐른다
기린은 45초를 고개숙이고 있으면
혈액 순환이 막혀 죽고만다
남보다 멀리 보는 고고한 기린
그도 45초에 죽을 수 있다

제자리 지키는 광야의 키큰 나무
그늘 만들어 쉼터되고
늘 그자리니 그가 이정표다
푸른잎으로 푸른바람 품어 벌판을 살리고
긴세월 가지마다 슬픔도 웃음도 하나로
푸른바람으로 커다랗게 하나로 품는다

이정표앞에 서서 뿌리깊은 그리움은
나이테만큼 둥글어진 얼굴에 다가간다

물 음 표

맑은 하늘에
꽃송이 바람결로 흐른다
눈내리나?

간밤 비 지난 길
흰벚꽃 하아얗게 떨어졌네
어젯밤 꽃눈이 왔는데
봄이 왔는데
너는 왜 그리 바쁘니?

겹벚꽃 송이송이 4월로 영글고
일기 예보
오늘 꽃비내린다고,
꽃비야
우산쓰고 나가야 하니?

큰그림을 그리자

모래사장에서 한 작은 아기가 그림을 그린다
손가락으로 꽃과 새들을 그린다

모래사막에 홀로 서서
몇 천억 년을 견뎌 모래가 된
모래 한 줌 손안에 담고
바람에 날린다 두 손으로 높이높이

억겁의 세월들이 한 줌 모래로 뭉쳤다
모래 한 알의 무게는 계산이 불가능이다
나는 모래 한 알갱이보다 억 배는 크다
손안의 모래와 내 큰체구를 내려다본다
시간의 흐름위에서 부딪치는 혼돈
큰그림을 그리자
모래알 그이야기 모두 들어줄 힘을 길러야겠다
사구를 달음질로 오르내리며 목청껏 소리지른다

한 작은 아기가 그리는 모래그림이
그때 공룡을 그리고
지구로 귀환하는 우주인을 그리고있다

날·고·파 그독수리

지금도 그독수리 그곳 지키고있다

너는 지금도 그자리에서 기다리고 있겠구나
간밤 꿈에 소녀의 발자국소리 들었겠구나
푸른하늘 푸른바다는 지금도 그대로 푸르른데
얼마나 날고프냐

2층 계단이 삐걱이는 소리로 올라온다
부드러우면서 단단한 박제된 깃털
너는 형형한 눈빛으로 나를 본다
소녀는 가슴 누르며 깃털 쓰다듬고 설레인다
강한 눈빛과 떨림

하늘을 볼 때마다 널 생각한다
할아버지 병원 2층 네 자리 붙박이 70년 세월
그세월 세며 날개꼬리는 밤새 서성거리니?
날고파라

포화소리가 갈라놓은 그세월
붉은 군화소리 어디쯤이니, 날개깃털마다 곤두세워 맴도는
날개 퍼덕이며 창공을 날아보겠니

박제독수리 꿈깨다 날고파!

자연의, 자연에 의한

하늘로 치닫는 까마득한 숲
몇 아름의 매끄런 몸피로 오랜 시간 울창하다
숲은 한덩이로 살기 좋아한다

강풍이 숲을 비집고 길을 내며 소리지른다
폭우로 눈을 뜨지 못하게 한다
흰너울로 슬몃 당기면서 폭설이 쏟아진다

숲은 폭설에 갇혀 서로의 몸피로 다독인다
바람을 지나쳐가게 하고 큰물의 길을 터주고
가지를 늘어뜨린 눈을 말없이 털어내며
시시 비비를 초월한다
다시 또 더 깊이 뿌리 내리는 확신
그 큰뜻이

자연에 살면서 서로를 살려내고
작은나무는 큰나무들이 지켜주고
작은 내 몸피도 몇 아름으로 자라나는 것을
자연속의 자연으로 더불어
자연의, 자연에 의한

사막 한가운데거나 암벽에 홀로 뿌리내린대도
자연의 힘으로 살아날 수 있음에
그냥 더불어 살아갈 일이다

박쥐 날다

날개로 난다 물론이다

날개로 먹이를 잡아낸다

날개는 손이다
날개는 발이다

태어나는 새끼도 날개로 싸안는다

거꾸로 매달려 살아도 좋다

날개만으로 충분하다

무엇을 더 달라 애원하리이까

날개 하나로 모두 해내는 박쥐

검은동굴에서 날개 하나로 날아나온다

제2부———— 감격으로, 아픔으로, 노래부르며 말달린다

광화문에서 길을 찾다

땡땡땡 전차가 종로를 관통한다
'3국지'를, '정글북의 타잔'을, '꺼꾸리와 장다리'를 만화로 만난다
땡땡 소리에 서점을 나와 전차를 탄다

지하철에서 지상으로 나와 숨을 고른다
'광화문'의 목적지는 코앞이다
길을 건넌다 잠시, 여기가 어디지?
서점이 어디지, 입구에 서있는 동상은 어디 갔지?
빙빙 돌며 어지러워 긴장한다

길을 물으며 빌딩의 높이를, 빌딩의 이야기를 기억해 본다
신문사·통신사의 냉철한 음성, 대형 서점의 이야기들
활자와 함성이, 세종 대왕이 지켜보는 광장의 가르침에 긴장되는
종종대는 그발자국들, 점·점으로 흐른다

점은 구르며, 밟히며, 묻히며, 살아낸다
점은 땡땡전차 바퀴에 붙어서 옛골목의 추억으로 광장으로 발자
국 찍혀
어느 한 점에서 끌려번지며 고리로 만난다
당신이었어요, 그것이었네요, 우리는 모른 척 못하는 관계
관계와 관계의 길은 늘 거기 있었다
그길이 손짓한다 눈에 익은 건물 점점이 흐르는 길로
저마다의 얼굴로 계속 손짓하는 광장의 길을 찾아간다

코리어의 말(馬) 김 시문학
—— 시집 '말·말·말'을 읽고

"우리 '시문학'은 매 호가 특집입니다."

시원고를 내면서 내 귀에 박힌 김규화 시인의 말이다
확신에 찬 말에 이의를 달지 못했다
그말, 칸칸에 살아 새세상으로 떠오르는 시어들

남해바다의 충만한 시어의 향수여
해변을 또각이다가 질풍 노도의 질주로
서두름없는 완만한 발굽소리가, 해평선 향한 말발굽소리로

'김 시문학'이라는 말로 첨단을 향하는 뿌리깊은 도전으로 태어난 말,
코리어 '김 시문학'이라 이름짓다

" '내 사전에는 불가능이란 말은 없다.' 1퍼센트의 가능성, 그것이
나의 길이다.'
  는, 말은 나의 명언입니다."—나폴레옹
  김 시인의 음성에 이의를 달지 못한다
  - 맷돌판을 땀흘려 돌리고 —'연자방아 말'
  - 말이 내 안에 가득 차있다 —'갈기와 꼬리'
  - 초원을 달리는 말의 다리가 내 손가락보다 짧다 —'파발마'
  - 고민에 빠진 딜레 馬 —'브레튼'
  - 기병은 말과 체온을 나누며 맥박이 고동치는 두 몸이 하나되어
숨을 쉰다 —'말타기 한몸'   <

광야를, 눈덮인 산악 지대를 말달린다, 끝없는 협곡을 뚫고나간다
쏟아지려는 시어들 가만히 누르다 말이 속력을 내며 숨몰아쉰다
감격으로, 아픔으로, 노래부르며 말달린다
끝나지않는 이야기로 태고의 노래로 말탄 기상으로 깃발 휘날린다

마음의 저울

살몃 올려놓으니, 파르르 떠는 바늘
천 근이다

맨드라미 꽃빛 눈금 빙그르르 돈다

온몸 실으니, 만 근이다
발바닥이 간지럽다

한 바퀴 돌아보이는 점마다
나누어주다가 움직이다가 기다린다

꽝하고 마구 누르니, 놀라 팽그르르 휘돈다
지나간 수들을 계산하고 되씹는 마음속
꽃씨가 더 간지럽다

잔뜩 긴장하는 바늘, 눈금이다

제몸속에 문신을 새기는 나무

가지끝까지 바람지나가고걸리고
물길 돌다가 웅덩이에 빠지고걸리고
동그랗게 길게 물결바람 잎잎마다 머금는
얘기 서로 나눈다
둥그렇게 휘돌아 길을 그린다

도끼로 쪼개진 결이 꼿꼿이 서서 청렴하다
짝! 항아리 조각마다 결을 새긴다
붓결따라 그려진 반달눈썹
나무는 속살인 듯 매끄런 수피로 빼어나고
장군 갑옷인 듯 단단한 두께로
한 자리서 백 년을 천 년을 서있다

쩍하는 소리로 무너지는 천둥소리로
제몸속 문신 드러낼 그날까지

빙하의 물을 마시고싶다

아무 상표도 없는
색도 맛도 소리도 모르는
빙하수

가슴 미어지는 자연의 소리뿐인 곳
너그런 용서와 위안을
마주하는
보이는 정적속
평생을 한줄기로 빙하의 계곡을 흐르는
작은 숨소리로 나를 안아준다

설원 가까운, 먼곳에 점점이
태초의 빛푸른 보석으로 박혀있는
빙하수,
아무도 마시지 못한 그냉철함을 마시면
변함이 없는 메아리되어
빙하수의 참맛을 푸른깃발 높이 날리리

퇴적층에 새기고있다

추수가 끝난 논둑에 맨발로 서있다
벼뿌리가 줄지어박힌 논물에 하늘이 내려왔다

새로 포장된 길건너 배추밭지나 감나무아래 선다
한 곳, 창호지문사이로 새어나오는 그순결을 들이마시며
오래 서있다 하늘바라보고 하늘색을 생각하다 눈을 감는다

바람에 밀리다가 깜빡 어느 하구에
삭아내린 고기비늘과 지느러미가
떠내려온 꽃신이 모래더미에서 함께 숨을 돌린다
강물숨소리가 희미한 새김으로
침묵하는 정적이 깊어지며 마음의 색으로 쌓여간다

마음속에 담아두다보니, 고향이 되어가는
가곡 '가고파'의 선율은 어찌 새겨졌는지
흐름의 흔적은 끝없이 바다를 주름잡는다

갠지스 강변의 이야기는 자유로운 새들의 것이다
여름날 캠핑 장작불이 갠지스의 장작불로
황토색 재꽃의 열정으로 타오르는
봄날 철쭉의 몸살보다 붉게 새겨지는가
오늘 붉은 흙탕물은 어떤 이야기를 그려갈까

<

언어들의 느긋한 잔치에서
달무리 둥근쟁반에 넘치게 담아
물빛따라 숨길따라 맨발의 감촉으로 둥글게 춤춘다

천 년을 보듬다

낯선 얼굴과 잠시 엇갈리는 시간
천 년 은행나무의 수피를 쓰다듬으며
오랜 誓願을 떠올린다

나무는 비틀며비틀며 하늘을 뚫고 서있다
옆구리에서 내벋는 가지는 한껏 펼쳐자란다
높이 하늘뚫어 중심대 세우고
은행잎 수런거리는 소리
앞선 세월앞에 마주서면
천 년을 살아낸 무성한 은행의 서원은
5월 연녹의 바람에 마냥 의젓하다

천연 기념물 '제365호' 아름드리 은행나무
그시절 짧은팔로 한아름 보듬어 안아
꺾이는 목으로 하늘 눈부셨네

정갈하고두텁고 따뜻한 몸둘레 '10.4미터'를 보듬고싶다
여럿이 팔벌려 둘러싸며 빙빙 돌던 일이
그나무의 하늘을 올려보는 일이
이제 그 천 년 넘은 나무의 서원까지 보듬고싶다

출렁이는 線이 말하고있다

무성한 들꽃이 행렬을 지어
철책선을 따라 걷고있다

아기의 첫놀이는 고무줄놀이었다
노래에 맞춰 고무줄을 감았다풀었다 하며
허리에서 가슴 더 높이까지 출렁이며 줄을 넘었다

고라니 노루가 가볍게 뛰놀고있다
돌비석과 3·8선 나무팻말이 장식처럼 서있는
비무장 지대는 또 다른 생명들이 뛰노는 청정 지역이다
사슴도 3·8선을 자유롭게 넘었다
6·25는 새롭게 휴전선을 긋고 남과 북을 갈랐다
남방 한계선 북방 한계선 비무장 지대
선 또 선, 출렁이는 고무줄놀이에 숨이 차다

철원을 돌아오며 달리기를 잊은 鐵馬를 만난다
다가가 안을 수도 없는 연인처럼
녹슬어무너지는 철마의 살점이 내 발을 잡아묶는다

시화 방조제에서 본 서해바다
낙조가 홍조띤 연인인 양 붉다
햇덩이가 출렁이는 수평선 서쪽으로 빨려든다
해안 초소병은 차렷자세로 낙조속에 서서

꿀꺽 침을 삼킨다
선을 넘은 해를 삼켜버렸다
선을 긋고 지우고 몇십 년을 출렁이는 줄넘기다

혼돈의 힘으로

혼돈의 시기에는 흐름에 맡긴다
서로 다른 물성이 힘을 겨루고
새로운 장의 휘장을 잡고끌며 힘을 만들고
서서히 부드러운 흐름이다가 찢어지다가
기운을 쏟아낸다
낯선 얼굴로 불쑥 솟아오르며
빙글거리며 희롱한다
휘감아풀고 잡아당기며 물살을 일으킨다

부드러우면서 끈질긴
서로 다른 어깨를 겨루고꿈틀대다가
서서히 사그라지는 긴 꼬리

혼돈의 꼬리를 풀며 다시 꿈틀임으로
큰그림 그리는
카·오·스

그대는 꽃인가, 바람인가

바람이 창밖나무에 걸린다
가지마다 흔들리며 펄럭이는 긴바람결
나무는 긴바람결에 사로잡힌다

바람의 간질임에 눈비비고
나무눈 튼다
속살이 제색깔로 발그레 돋아나는 웃음
꽃인 양 빛살 모아
향기 어울려 다가오는 촉수

부드러워 바람이
그대는 꽃인가, 나비인가, 결이 드리워지고
새로운 색색이 서로 만나는 어울림

제3부 ——————— **초록속 바람소리 듣는 넉넉한 느티**

느티나무가 더 굵어지고 단단한 이유

느티나무 가로수 터널엔
그림자도 느티나무로 따라온다

뿌리가 든든한 느티나무는
자식복이 많아
길 양쪽까지 가지에 가지를 벋어 서로 붙잡고
긴그림자로 보듬는다
철없는 욕심에도 모두 주고 또 준다

느티나무는 너그럽고 후덕하여
까마득한 옛적부터 온갖 사연 품어준다
김선달네 행랑아범이 털어놓은 애기
뿌리깊이 묻어두고
달없는 밤 소복으로 우는 새댁의 가슴속
등 도닥이고 가슴열고 품어준다

느티나무는 더 굵은 몸통으로 유연하고 의젓하여
긁어대고 찍어내도 내색도 않는다
빛비늘로 팔락이는 이파리들과 노는 참새떼 와르르 날고
늘 한곳을 지키며 바람소리 듣는 넉넉한 느티나무

뼈대에 기대어 살아온

'자연사 박물관' 전시물
인류의 시조의 모습에서 오늘에 이르기까지
아주 천천히 조금씩 변모하고 있는 우리

보이지도 만져지지도 않을 한 점으로
서있는 나

전시대위의 구멍으로 뻥 뚫린 눈, 코
거칠고 완강한 광대뼈와 턱
같은 듯 다른 두개골들의 모형과 표정들
전시대 끝자락에 건강하고 매끈한
현대인은 안경속에서 웃고있다

동굴을 벗어나 돌로, 쇠로 대적하며
전쟁에서 전쟁으로 문명을 낳았다
뼈대를 감싼 문화는, 예술은
인간은 위대하고 찬란하게 이어지고
정신을 세우는 자존심이, 애써 포장하는 욕망이
한 점의 눈아래서 뜨겁게 출렁인다

뼈대에 기대 살아온 삶이
설레임을 준비하는 소박한 아주 작은 점들이
길고푸르게 반짝인다

울면서 웃다

3천 미터 높이에서 하얀 콧김으로 뿜어대는
유황 화산 그큰콧구멍 열려
여기저기 열기 뜨겁게 살아

빛을 향한 염원
발끝 세우며 울창한 삼림으로 치밀하다
속삭임, 누르고누른 저음이 계곡을 지나고지나
깎고넓혀 물줄기 큰폭포로
시원하게 포말로 승화하는 하늘휘장이다가
소리소리 지르는 도도함으로 숨은 암석 훑어 깨우다가
멈춤없이 폭포로 쏟아내린다

하산하며
촉촉한 노을 향한 두근거림, 뜨거워진 가슴
더운 화산 열기막힌 가슴속에서 길 찾는다
어떤 눈물인지 층층이 내려딛으며 격해지는데
입꼬리 올려 입으로 웃는다, 울면서 웃는다

언어로 부활하다

빙판길위에 신문지가 말려 굴러다닌다
빛나는 얼굴
고통으로 구겨진 빛나던 얼굴

빙판에 맞닿은 정신
혼미한 언어들 일어나 긴장한다

되풀이되는 반성
매순간 새로 세우는 계획들이
깃발에 깃대에 휘감긴다
완강히 감기며 깃발은 외친다
구겨지지도 낡아지지도 않는 차가운 언어
쏟아져내리는 말, 말들
하늘이 흔들거린다

차가운 언어가 정신차렸다
부활이다, 언어여

운동 에너지

靜寂은
움직임없는 에너지

무언가 해야 한다
해야만 한다
귓속으로 밀려드는 소리들
고속 열차가 팽─ 지나간다
몸속으로 숨어버리는 울림

방금 배달된 새시집
날(刀)선 종이에 손을 베었다
피가 똑 떨어진다
아프다는 생각
손끝에 돋아나는 창백한 얼굴
그를 생각하는 무거운 감각
팽팽한 실끝의 떨림이
한줌 저어함이나 거스름없는 고요함이

물에 녹아 번지듯
정적으로 밀려드는 무게

침묵의 무게에 눈이 뜨여짐
에너지를 터뜨리는 저력

물은 자유롭다

한줄기로 쏟아붓는다
도도히 폭넓히고 깎고무너뜨리며
까마득 폭포로 외치는 의지

암벽에 피어오르는 파도의 끝자락으로
해변을 뒤덮는 변신은
파도의 승천, 물방울의 탄원
두드리고 부서지는 눈부심

스케이트 날이 결빙의 빙판을 달린다
찬바람이 매끄럽게 물흐른다
빨래터 아낙이 두드리는 흰빨래
냇물에 어른대는 여인의 흰다리
어린이들 물장구 하얗게 터지는 물빛향연

화려한 배우의 끝없는 변신
박수로 한호하는 관중
천 길 내려꽂히고 천 길 치솟는 무궁 무진한 배역

지구 구석구석 실핏줄 피돌기
동맥으로 정맥으로 이어지는 생명
어디서 어떤 얼굴로 물결칠까

오케스트러

상쾌한 공기와 어파트 단지 계단을 오른다
오늘은 어떤 음계로 시작하나
낮은 '도'음계로 시작 '파'음계에서 박자를 고른다
낮은 '도'에서 높은 '도'까지 유독 힘든 음계를 오른다
돌계단의 어제의 이야기 오늘로 이음표는 이어진다

톡 리듬으로 운동 에너지
발끝에서 퍼지는 온힘의 파도
자존심 강한 솔잎이 박수로
푸른가지들 건반을 드르륵 긁고
편백나무는 건강한 숨을 내쉬고
아이는 계단을 기어오르며 환하다
청년이 스타카토로 튀기며 내려간다
절정이다
계단 음계를 오르내리며 연주자들을 보듬는 눈인사
지나는 발걸음, 바람의 협연으로 이어지는
내 숨소리도 음계를 찾아 오케스트러로 하나다

저마다의 목소리로, 얼굴로, 크기로
빛의 굴절이 그리는 추상화까지 모두 살아나는
오케스트러 고향의 숨소리

석양이 너무 황홀해요

맑게 울고싶어요

목줄이 당기고 가슴 딱딱해지면서
눈물을 참을 수 없네요

아름다운 것은 슬픔이라 단정짓겠어요

아름다움과 마주하는데
슬픔이 솟다니요

마법사의 피리는 긴 숨으로 떨리고
석양의 황홀한 너울에 잠겨
내 마음을 그립니다

앞산이 잉크빛으로 번지다가
회색빛으로 짙어지면서
그냥 마구 비가 쏟아내려요

뜨거운 꿈틀거림으로

거인 누워서 묵상 중
산은 깊고 큰숨 내쉬고
웅장한 근육질과 속깊은 이야기를
주름잡아 펼쳐놓는다

깎이고 돌고돌아
삶의 흔적 덧대어 또다른 산맥 만든다

갈길 막혀 틈새찾아
비탈에서 웅덩이에서 지층에서 초원에서
새는 날고 몰아치는 바람의 깊은 외침은
작열하는 햇빛에 맞선다 매일 한발씩
허리펴고 작은 외침 날개달고
환희로 날고싶다
새아침이 마주오고 있다

정적속에서 길을 찾는 뜨거운 꿈틀거림
마그마는 거친 숨으로 터널 뚫기에 골몰한다

발아래 무지개 있다

그때 발아래에 빛부신
무지개 딛고서서
아!~ 단음의 고함을

폭포를 바라보며 계곡오른다
꺾여도 직선을 고집하는 폭포를 향해
맨발로 오르는 소년의 발아래 무지개

얼굴에 협곡의 주름을 새긴 인디오
기르던 암염소 죽음을 몇 시간이고 명복을 빈다
소가죽 끈으로 엮은 타이어 신발이 시원한
발가락마다 색색으로 간지럽힌다

시간의 순환, 그냥 바라보는 여유
쫓기지않는 호흡이 무지개의 메아리를 서서 듣는다
무지개 내려보며 폭포의 직선에 화답한다

초록속에서 초록 찾아내기

미술 시간에 운동장에 나가 풍경화를 그린다
눈을 들어 운동장을 둘러싼 플라타너스를
화단의 꽃을 받쳐주는 초록을 본다

화가이신 미술 선생은 학생들 스케치북을 돌아본다

여름을 품은 초록은 어린이들 눈으로 초록이 한덩어리이다
진하고 여린 어우러짐으로 단호한 초록 한빛이다
색종이의 초록도 깨끗하게 한빛으로 초록이다
학생들 스케치북마다 단단한 초록으로 플라타너스가 시원하다

선생님은 돌아보며 이마를 치고, 가슴을 내리누르고 답답해한다
"야! 초록이 한 색이냐! 잘 좀 봐라."
아름다운 초록을 애써 그린 친구들 제그림을 의아하게 훑어본다
- 초록은 넓고깊고부드럽고 지혜롭고아름다운 세계를 품었지
여름을 초록색종이로 오려붙인 것이냐, 초록이 한 색이냐!
선생님은 열변을 토하다가 학생들 눈을 돌아보며 다시 명화집을
보여주신다

안타까운 눈으로 초록은 깊고넓게 여린 어우러짐을 나타내야 한
다는 다짐
' - 초록을 찾았는데 모두 한 색깔이에요 그때는 초록이 다 같은
줄 알았어요'   <

'나의 마음속에 초록이 날 찾아요, 날 기다리고 있어요
진정 그때까지는 초록이 한 빛인 줄 알았다니까요'

제4부 —————— 해풍이 휘파람소리로 파도친다

소시민 에이(A) 씨

'이 선생, 어떻게 지내시오.'
'아! 네, 소시민으로 삽니다.'
'소시민, 좋지요.'

오후의 교무실 햇살이 밝다
편안한 답변에 유쾌한 교감 선생님
햇살이 들어와 대답할 준비하고있다

소시민은 태어날 때부터 무게를 안다
중심을 벗어나지않는다는 저울추
가볍다, 무겁다!,해야 한다
소시민의 마음에 어긋나는 추는 계속 흔들린다
추의 중심 바로잡고 바로세운다

신문마다 뉴스마다 에이(A) 씨가 넘쳐난다
그 에이(A) 씨들은 동의할까
탈을 벗지 못하는 세상에서 그냥 에이(A) 씨로 남을까

나는 소시민이다
교감 선생님은 소시민 아닌가
에이(A) 씨인가 비(B) 씨인가

안심이다 햇살이 환하게 대답한다

시인의 슬픔

소년의 숨소리에 푸른싹 돋아
햇빛눈부신 느티나무를 오래 쳐다본다
아파트 층층을 세어보며 바람결 둥글게 안고설렌다

수정은 깊은 산속에서 살아숨쉰다
맑은숨소리 수정을 깎아 순수의 각을 세워자란다
뿌리를 내린다 뾰족하게 햇빛닿아 보석으로 눈부시다

태초의 언어로 정결한 손길로
소리치고 스러지는 빛으로 깎여가는 덩어리,
수정이다
수정이 자라난다
소년은 당당한 걸음으로 다가간다

깊은산 휘도는 바람의 파도, 암벽을 치고부서지며
순수와 기품을 세워간다
아름다운 수정으로 깎인다

암염이 다시 녹아들 때

화산이 속터졌다
분노는 붉게 흐르고 용암 넓게 흐른다
흐르고솟구치며 천천히 굳어간다
쌓이고굳어지며 암염이 돌이 되어간다

나의 암염을 부스러뜨리며 그결정을 본다
고운 소금을 기다리는 내 지친 몸
짜고 긴인생 견디어 뜰 때까지
그소금물위에 누워
내 무거움이
햇빛 빛나는 하늘 한아름 안고웃는다
단단한 결빙의 소금꽃
소금이 보석으로 눈부시다

慰勞에서 '보듬다'로

눈이 한 점에서 머문다
정지 상태에서 그점을 읽고있다
그점은 조용하고 관심없음으로 잡혀버린다
조용한 기류가 마주치는 선함같은
'선하다'는 느린 걸음으로 슬그머니 퍼지며간다

마음이 흔들린다

뜨겁지도 차지도 않게 그자리에 있다
각지다로, 둥그렇다로, 뭉툭한 덩어리로 보인다
시야가 부드럽게 흔들린다
노송앞에 선 후덕한 무언가 무뎌버린 허전한 손길

주고받는 느낌이 뜨거워서 부드러워서 머뭇대는 두 점
거리의 문제인가 강약의 문제인가 부스러질까
'보듬다 보자기' 꺼내 미소로 싸안은 위로

가장 좋은 그날 '보듬다'를 그린다
두 팔 벌려 보듬는 포즈를 어림해본다
계산할 수 없는 어려운 너
들었다놓았다 마음속으로 끝없이
따뜻이 보듬어가고있다

다시 뒤집어입었다

뒤집어입었다
이야기가 숨어버렸다

협곡을 마주하는 길게 늘어선 암석
날세워 깎이고 주름잡듯 겹쳐지며
불끈 솟는 암석의 힘살
겨울하늘색보다 찬물빛으로 흐르는 깎인 계곡
이어지는 계곡의 이야기
가슴떨리는 소리와 흐름
매정한 발길로 계곡을 차버린다 차가운 물길
물을 자르며 돌아보지도 않고 가고있다

다시 뒤집어입었다
주머니마다 맵고신 이야기들 주름깊다
슬픈 듯 초연한 듯한 얼굴 내민다

다시 이어지는 순환

영원의 점과 순간의 점
그들의 접점 아니면 있듯 없는 듯 순간에 스러진다

영원한 점과 순간의 점이 스치며 이어지는 만남
돌며 회전하는 원이여 시작에서 끝으로 다시 이어진다

시대에서 시대로 고르지못한 길
각자의 출발점에서 접점을 찾아간다
다시 시작하는 얼굴을 만난다

새얼굴이 낯설다 내 얼굴이 멀다
이미 그때부터 스치던 그얼굴을 보았다

핵보다 무섭게 득세하는 바이러스 앞에
보이지않는 역사는 흐르고 어제를 부수고 폭발적 인기다
드러나지않는 저력으로 철저한 방어벽 부수고 웃는 승자
긴점으로 무기력하게 늘어선 점, 점들

순환의 출발앞에서 다시 새로운 순환을 찾는다

그들의 접점은 스침인가 새로운 창조인가

노랑으로 피어나다

노오란 신호등이 초록불빛을 이어받는다

마주선 은행나무 가로수길
노오란 터널에 은행잎 고운바람결이 밀려간다

유치원 원아들이 노란모자 쓰고
손을 들고 지나간다

마을 버스가 노란색을 입고
노란색 횡단선에 서있다

노을이 가라앉으며 노오란별빛내려
자갈소리내며 스민다

티뷔(TV) 축구 경기는 날렵하게 골을 막아냈다
환호성에 운동장이 떠나간다
골키퍼의 등번호가 클로즈업되는 노란 유니폼
엉겁결 티뷔(TV) 앞에서 노란 캡슐의 알약을 삼키고
점수판의 숫자가 노랗게 번져간다

그불빛이

눈이 내리고있다
끝간 데 없이 시야에 꽉차 흩날린다

이미
간밤은 하얗게 눈을 안고기다린다
침묵으로 세상은
눈덮임과 발가벗음이다

친구 단둘이서 이야기 나눈다
속삭인다
계속 흩날리는 눈송이 입가리고 웃음
소리없는 폭죽 터뜨린다

눈덮인 창으로 내다보는 불빛
떨고있다
큰그림안에서 옷자락 여민다

얼음꽃 포개안고 하늘을 본다
꽃다발이 눌리고 가슴에 꽂혀
불빛으로 떨고있는 옷자락
얼음꽃 밟고온다

하얀 慰勞

머뭇머뭇 내리는 눈
공중에서 돌며 바람에 몸을 맡기며
어린이들 놀이터 미끄럼틀에 하얀 위로로 눕는다

고고한 호흡으로 선 겨울 소나무마을
늘푸른잎으로 하얀 위로 곱게 앉았다
따스하고 부드러운 위로
차갑지 않아 무겁지도 않아
서로 가볍게 안고안아주는 하얀위로
위로의 무게나 크기는
겨울나이테로 꼼꼼히 새겨져
깊은 뿌리내림으로 푸른안개장막 열었다

책망이 아닌, 한탄이 아닌
순수로 너그러운 숨결로 무색의 위로를
눈길 가는 데까지 새하얀 눈꽃세상으로 오는
하얀위로
끝없는 미소의 당신

선한 붓으로

선한 붓으로
넓고 환한 하늘
구름 두어 송이 놀게 한다

뾰족한 산붓끝으로 쓰다듬어
능선으로 길게 누그리니 부드럽다
너른 들판
연한 뿌리들 붓끝에서 새빛 안아
나무, 나무 붓끝에서
제모습 찾아 가슴 부푼다

고단한 몸 물 한 모금
개울에서 샘물로 계곡에서
목마름 삼키니, 물마시니
선한 붓끝 씻은 물이 씻어주네
선한 산과 들과 하늘, 선한 웃음을

귀기울여 선한 마을 찾아간다
붓끝가득 선한 기운 듬뿍 묻혀간다

가야금 숨결로 깨어나다

가야금 줄울음
깊은 울림 숨결로 떤다
긴침묵의 파문이 파문으로
조용히 깨어난다

보랏빛으로 청초한 도라지꽃
보랏빛 깊이만큼 뿌리내린다
목마르고 바람 몰아쳐도
참음으로 굵어가는 뿌리

가을하늘아래
흰모시저고리를 받치는 모시치마
도라지꽃빛 모시올 올올이 머금고
여인의 조용한 눈썹 떤다

당다디당~ 딩당 가야금이 굽이쳐 흐른다
딱! 장구소리
파문이 멈칫, 가야금줄이 서버렸다
도라지꽃 치마꼬리 살몃 여미고
천천히 깨어나는 가야금숨결

스며들다

바람결로 나뭇잎새끝 매달려
나무와 한호흡 중이다
우둔한 바위를 푸른숨결로 숨쉬게하는 스며들기
숲속나무 사이사이 산등성을 지나며 놀며
땅속 층층이 스며 한덩이로 보듬는
은근함속에서 어른대는 무늬

계곡물에 섞여 한 줄기
새설레임으로
서로의 눈동자 열고 태초를 발견한다

빛결로, 물결로,
숨결로, 바람결로
스며들며 받아안는다

문창호지로 스며드는 달빛 한가슴
스밈의 환희
무명이나 비단이나
한호흡으로 천천히 멈춤없는
너 그리고 나

해풍이 휘파람소리로 파도친다

바다에 꽂힌 주상절리 암석
베일 듯 바람과 햇빛으로 날(刀)이 선 암석
바다가 품은 은장도
오랜 해풍으로 살아 서있는

흰목걸이독수리의 크고무거운 날개가
암석위로 휘돌아 떠오른다
바닷물을 발끝에 튀기고 하늘로 날아오른다

파도는 암벽을 두드리며 틈새로 스며내린다
꼿꼿한 기상으로 바다 깊숙이 뿌리내린
잡티없는 주상절리 기둥은
파도가 쓸어내려도 더 가벼워지는 호흡이다

독수리는 기둥으로 선 암석의 이야기를
먼설산의 봉우리에 걸고 끝없는 벌판에 흘리고
날개 가볍게 원을 그린다
암석의 앞자락에 품은 파도의 노래를
그모습 그대로 가슴깃털에 묻고 먼하늘로 간다
오랜 파도와 해풍이 암석을 휘파람으로 지킨다

제5부 ——————————————— 가슴에 피는 꽃

눈물 한 방울

눈 건조증으로 눈물을 처방받았다
따갑고 메마른 눈 눈물을 흘려야 한다
슬프지않아도 울어야 한다

눈물을 살 수 있는 세상에서 산다
눈물약 눈물에 눈이 쓰리다
모두 운다 눈물약 눈물이라 우기면서

아기는 떼쓰며 눈물범벅이다
무릎의 피를 보며 더 크게 울어댄다
석양이 너무 붉어서,
지나간 순간에 붙잡혀 유난히 가까이 상현달 떠있어서
묻어둔 울음덩이 가슴이 메어 어파트 그층수를 세고있다

혼자 있는 여기, 갑자가 솟는 눈물
깊은 계곡의 침묵 한 방울,
옛적 부르던 노래 한 방울
속터놓고 애기하듯 떨어뜨리는 눈물에 눈맞춘다
처방전없이 애기하듯 눈물을 펴본다

낙산언덕 동숭동 산동네

서울 대학로 지날 때마다 동숭동 꼭대기를 한참 본다

거의 대부분의 세월 내려다보며 지냈다
옛적 외가 대청마루에서 마당을 내려다보는 할아버지
추수하는 소작인들을 격려하고있다

낙산 성벽은 어린이들 놀이터다
역사가 남긴 석축의 돌덩이는 모난 데 없어 놀기 좋다
아바이는 손자이름 크게 부르며 아기들 놀기에 바쁘다
다닥다닥 실향민들 모인 대문없는 집
봉투 만들어 팔고 동대문 시장에서 생선팔아 살아간다
입학·졸업 철엔 눈아래 서울문리대 운동장
빠지지않는 대통령의 축사가 온마을 울리고 어깨 으쓱해진다
먼시선으로도 동경의 눈길 보내고, 하늘은 푸르다

역사의 성벽 있고 6·25 실향민 내려다보고 살고
대학 운동장에 젊고 똑똑한 다음 세대가 사는
동숭동 산동네
든든한 친정집을 떠올린다.

낙산 언덕 동숭동 산동네에서 꿈꾸다

동숭동 산 6번지 엉성한 대문을 연다
흙벽돌집이 가까운 전경을 편안히 바라본다
좁은 마당에서 아버지는 남산과 '창경궁'과 이야기 나눈다
전문 학교 시절의 낭만인가
동해를 통통배로 남하하던 가장의 무게인가

구름낀 날은 구름뒤에 가리운 그곳 그리고
맑은날 남산과 '창경궁'과 대작한다

좁은마당에서 남산 마주함은 예사롭지않다
그숲길과 한창 시절 한 장면을 꺼내본다
'창경궁'의 숲은 담장이 당당해도 자유롭다
사람은 어느 순간 느끼는 자유로 자기가 놀란다

올라오기 숨차도 큰사람과 대작할 수 있는 자 '나와봐라.'
산동네는 초라한 살림살이 살지만
마주하는 큰그림으로 가슴 벅차다

문리대 운동장 옆길따라오르는 산동네
나는 아래위로 헉헉거리며 꿈을 키우며 산다.

해뜨는 풍경속으로

1.빛이 있었다

하늘이 조금씩 풀어준 강한 골격
산은 당당한 품격을 드러내고
흐린 화면속으로 한 점
새, 가로지르는 선으로 숨을 끌고
하늘두께가 벗겨지는 햇빛의 조명으로
구름으로 그림그린다
뾰족하거나 둔한 무거운 곡선으로
산맥은 기지개 펴며 산은 붕긋붕긋 치솟고
명암을 넣는 덩어리진 나무들, 하늘 향한
처음의 산빛을 받아
산아래로 내려가면 숲이 깨어나고
큰산줄기에서 물흐르듯 심장의 박동
저마다의 생명을 안고업고 제얼굴 내민다
은은한 무지개로 깨어나는 하늘이여

2.빛은 노오란 입김으로 퍼진다

최초의 언어 색은 옅은안개의 출렁임
노오랗게, 붉으스레한, 금빛의, 푸르끼리한,
흰치마주름속에 비치는 새벽입김으로 말한다

<

바다에 꽃을 던지며 생명을 부른다
작은불 밝히며 우주에서 온
해변의 흰옷의 의식이여 어머니의 풍요여
파도는 더욱 거센 몸짓으로, 너그러운 노래로
종, 소, 리, 울, 린, 다

작은숨결 두근두근 노란빛해둥이
따뜻한 불빛의 토담 굴뚝연기 정겨워
깨어나고 움직이는 사람들의 삶
하얀파도의 심장은 계속 뛰는데
영원에서 영원으로, 새는 가로지르며   날고
종소리 울려라 종소리 울린다
…
해뜨는 풍경속에서 계속 뛰고있다

──2021.새시간을 맞이하며.

치열하게 치열한

새떼 날아오르며 파도소리낸다

홍엽새는 하늘에서 떼지어 선회하고하강하며 다시 하늘로 솟구
친다
우기 전 처음 떠났던 곳으로 가기 위한 공동체의 비상이다

시라소니의 큰발 눈위에 은밀하다
눈속 토끼를 노리는 매복 공격의 인내심

말레이지어 밀림의 섬 원숭이는 배에 새끼를 달고다닌다
검은 딱지는 떨어지지않기 위해 산다
여행객과 마주한 눈동자를 쏘아보는
유리알 눈동자 굴리는 관광지 원숭이의 하루

쿠릴 호수의 어부는 마지막 그물속 연어의 몸부림 웃으며 본다
연어를 통째 씹어먹는 불곰 동상
할 일 하고 먹어야할 때 먹는 사람, 연어, 불곰

바닷물에 젖은 긴장화의 경매장 철닻을 내려 끌어올린 왕갈치
은빛으로 누워 내던져 입을 앙다물고있다
눈꺼풀없어 감지도 못하는 눈뜨고
윗니 잇몸을 찌르는, 바르르 떠는 은빛 통증

<

숲에 사는 사람 우랑우탄, 잇몸위로 뒤집으며 과일껍질 벗긴다
긴팔로 줄을 타며 생각에 잠긴다
태양이진 어둠속 떼지어 흐르는 바다

그소나무를 바라보는 눈

속리산 푸른햇빛 안고 우뚝한 그소나무
6백 년 세월너머 늘 푸르러
15미터도 넘는 당당한 '제103호' 보호수로
그이름도 지체높은 천연 기념물 정2품 소나무

천하 장사같이 서서 양 팔 길게 벌리고 가지늘어뜨린
어느 날 강풍과 눈보라에 가지잘려
좌측 상부 두 개 가지 부러져 가림막치고, 재선충 치료하고
쇠막대기로 지친팔 몸매 이고다듬어
한 쪽 내려앉아도 계속 솟으며 가지펼쳐
그 우뚝한, 세도 푸르러

속리산 정2품 소나무는 사철 한빛으로
임금님 가마 행차에 '연 걸린다' 하자 가지올려 길터주고
돌아오는 길엔 비를 피하게 가리워준 멋진 나무
기품있는 자세로 마냥 양 팔 벌려 유연한 바람 맞으며
가지 잘려나가도 이자리까지 지킨 '법주사' 정2품송

속리산 정2품 소나무는
바람과 구름과 수없는 눈빛의 발자욱으로
사연을, 염원을, 기도를, 한탄을, 환호들이
푸른햇빛으로 더 높이 솟아
그푸른솔 잎잎마다 바라보는 눈,

엄하며 부드런 어르신 숨결의 기품에 가슴벅차
태초로부터 이곳 지키며 품어주는 정2품 어른께
문안드린다

나무로 서서

나무로 서서 조용히 생각 중이다
기다림이다
그냥 지나가는 것없어 숨죽인 바람이 살짝 스친다
지치고 힘겨운 바람에 가지를 찢겨 부르르 떤다

맹세를 달고 내것이라 못박는다, 허리에 주렁주렁 사연 달고
벼슬같은 이름으로 벼락으로 무너져도 천 년의 훈장으로
서서 증언한다

나뭇잎은 팔랑이며 증언대에 서있다, 하고픈 말속에 담고
멀리서부터 눈짓하는 잎새에 수피를 쓰다듬고쓰다듬으며
두 팔 벌려 둥글게 돌며 무늬를 새겨간다

어느날 하늘만큼 커보이던 그가 내 어깨 바로위에서 웃고있다
  벌레가, 작은 새들이 나무의 관절을 파며 알을 숨기고 새끼 먹이
는데
  품을 모두 내어주는 후덕한 나무였다

나무로 서서
어제인 양 내일인 양 흐르는 물소리를 품고
온몸으로 한결같은 나무

연잎의 노래

고구 저수지는 연잎의 밭이다
물방울 도르르 굴리며 춤추는
갈대와 줄풀의 풍성한 언어는 연잎과의 어울림이다

간밤 바람에 꽃잎 후두둑 떨어졌다
연꽃은 순백의 꽃잎 날리고
여물지않은 색으로 꽃잎속에서 쏘옥 자라난
연밥이 해맑다
꽃잎 떨어뜨리며 속에서 피운 연밥
연꽃이 품어키운 어린 생명이다

연잎 두드리며 타고노는 빗방울
커다란 귀로 서해의 파도소리 더불어
너른 잎은 큰빗방울에 빛을 담아 수정으로 빚어
큰손으로 받아낸다
연잎이 품는 눈부신 안김

저수지의 연꽃잎 떨어지는 소리
줄풀을 흔드는 바람이 꼬리치는 소리
빛으로 깎고다듬은 은방울 빛방울
춤추는 고구 저수지의 화려한 축제

석모도에 빠지고 말았다

석모도 바다를 안은 찻집
찻잔을 들었다

찻잔이 화려하다
뚜껑이 있는 배불뚝이 애기항아리,
넘칠 듯 원두향을 흘리는 후덕한 품
원둘레의 높이가 다른 날렵한 치맛단같은
단정하고품격있는 찻잔이 바다색으로 웃는다

찻잔에 담긴 저마다의 빛깔이,
강화바다의 파란 만장한 역사로 숨을 고르는
가뭇가뭇 조용히 솟은 섬들
석양이 꼬리를 길게 끌며 빛주름으로 흐르는
'코로나 19'로 무관중인 경기장의 환호성이
관중석으로 파도쳐온다

서로의 얼굴에 비친 바다를 보며
찻잔속 하늘섬 바다를 들어올려 석모도를 마신다
바닷새 수면을 가르며 날아오른다

바닷소리에 발을 구르는 응시
격정으로 조용히 타오르는 석모도의 바람에게
모두 내어주고도 서운치않은 눈빛들

겨울산을 우러러

눈보라가 휘몰아가는 추위에도
발자국소리도 들리지않는 외로움에도
겨울산은 당당히 서있다

겨울산은 지극히 냉철한
넘볼 수 없는 깔끔한 신사다

내일의 싹이 숨고르고
잠자는 뿌리를 간질이고 있는
섬광처럼 지나는 바람결
겨울산은
태초의 작은 씨, 그 생명력과
21세기의 도도한 숨결이
영하의 뿌리를 잡고 이어진다

겨울산도 겨울엔 가벼운 솜이불 덮는다
정상에서 굴러온 얼음덩이속으로 다독이는
한계절을 붙잡고 끝까지 고집하지않는
지표로 서서

그정신 이어가는 너그럽고 칼칼한 기품
뜨거워지는 믿음으로 겨울산 우러른다

바람, 그결, 결

움직임 대기 중
닮은 얼굴끼리 몰려다니며 그리는 결
모래더미 이리저리 옮겨 사막의 결로
푸른치마로 숨은 바닷속을 뒤집어
솟구치는, 쓸려가는, 해일이든
바람이 그리는 결, 결

숨을 참아내며 누르고누른
열아홉 순정의 결을 풀어놓는다
침묵하는 나뭇잎 흔들어
잎사귀끝에서 끝까지 푸른숨으로 그리는 파도

늘 움직임
소녀의 갈래머리 풀어놓았다
두 팔 들고 바람속으로 달려가는 소녀
검은구름덩이들 밀담 익어가는 암투속
분열은 실금타고 깃발 꽂는다
늘 움직이는 침입자
어둔 하늘 밀려가고 시원스레 하늘 바라는 눈
늘 거기 있었음으로 태연한 하늘

격정을 삭이고 단단함을 풀어준다 바람은
정체된 고집 풀고 그바람을 향하는 여유의 결
속넓은 친구 둥근원과 원의 결을 안고 마주뛰어온다

고추잠자리와 바람

쪽빛 하늘
고추잠자리

시집살이보다 매운 고추밭
위에서 맴돈다

가을바람
두 팔 벌려 하강하면서
전신에 가을휘감아
겨드랑이쯤 지나며
이상한 기침 몇 마디 하더니,
매운 고추밭하늘에서
새 한 마리 날아간다

갈댓잎이랑 국화향이랑 한데 묶어서
한가슴 안겨준다
산기슭에, 들판에 있어주어서
새는 쪽빛하늘에서
가슴 벅참이어라

알래스커에 가면

하늘 찌르는 삼림을 지나는 긴발자국
그발자국소리를 누가 듣고있을까 두근거림
모두 용서되고 사랑하지않을 수 없는
깊은길을 지나면
풍요의 초원일지 얼음조각의 설원일지
가까운 듯 먼실상, 오로지 목표를 향한 삶의 여정이
밤의 백야는 알래스커를 환히 밝힌다

북극의 삶을 지키는 식용의 고래사냥은
에스키모들에게
용감한 사냥꾼으로 살게 한다
반드시 흰 가운을 입고 얼음바다를 추격하는 고래사냥은
잡는 방법에 따라 고기맛이 다른 비밀은
'맛좋은 고래고기' 노래를 생각나게 한다

알래스카 연어잡이는
물레방아를 돌아가게 하며 연어를 잡아올리고
훈제 연어는 검은 그을음속에서 1년치 식량이 된다
풍성한 연어의 축복이여

차갑고 쌀쌀한 알래스커도 따뜻하게 풀리는 여름철이면
더없는 위로와 삶의 풍요를 누린다
동토와 싸우는 알래스커 백야의 경이로움

자연과 더불어 욕심없는
순수의 태초속에서 또 행복해한다

불씨는 죽은 척할 뿐이다

불씨는
내색조차 않다가
불의 혀끝에 닿는 순간
하얗게 꽃으로 되살아나 춤춘다

진달래능선에서 풀무질이 숨가쁘다
작은 불씨가 고개를 들고
능선이 들썩인다
오랜 기다림으로 타오르는
눈 간 데마다 진분홍의 焚身들
목이 조여들면서 불길을 마셔버린다
진분홍 사랑에의 3도 화상
능선아래로 뒹굴며 구르며
능선과 계곡에 진분홍으로 불길 옮아번진다

찬비 내리는
진달래능선에서 알았다
불씨는 죽은 척할 뿐

가슴에 피는 꽃

내당마님
마루끝 난간에 자주색 끝동이
옷고름 달빛으로 매듭지고
달무리진 서편 하늘을 본다
비녀로 꼭꼭
아흔아홉 하고도 하루를 채웠다

손끝마다 맺힌 그리움
날개품은 고운 숨결
담너머 한 가닥 바람이 건너와
삽살이의 잠꼬대에
문득
그이인가

가슴에 복사꽃 터진다

스토리가 있는, 세계의 그림여행*으로 만난 원색
―――미술관 읽기 · 68

소영일 화가는 힘겨울수록 한층 더 강인해지는 나를 발견한다고
고백하는 원색의 향연으로 관람자를 이끌어간다

'아마존 강 우림'(유화. *oil.* 페인팅)은 지구 산소 20퍼센트 이상을 생
성하는 거대한 자연이다
　인간 · 악어 · 거북, 거대한 새들의 낙원이다
'나이어거러 폭포'는 그 웅장함, 전설을 품고있는 여자 레라왈라
의 전설
　천둥의 신 헤노(*God of Thunder-Heno*)가 살리는 거대한 폭포,
　마천루의 불빛 · 유람선, 끓어오르듯 쏟아지는 폭포,
　검은하늘의 그이야기보다 많은 별무리를 만난다
'알퐁스 도데의 풍차'
　풍차는 돌아가고 그아래 숲은 깊이 숨쉬고
　하늘을 나는 꿈들이 페인팅 나이프로 날아다니는 현란한 춤
　풍차와 함께 붉은 조각으로 길게 꼬리무는
　선으로 엉겨돌아간다, 별들이 저쪽에 있을 거야
'크리스털 산 흰사막' 이집트
　그자체가 石英으로 태양이 이글거리는 먼하늘아래
　펼쳐진 광야에 낙타를 탄 여행객이 지나간다
　은빛 크리스털과 오일을 버무려 광야에 흩어진
　크리스털 산을 그렸다 색색의 들에는

크리스털이 이어지고 끊어지면서 강렬한 힘을 보낸다

자연의 힘이여, 아름다움이여

'거대한 보리수' 인도의 콜카타

멀리 설산이 눈에 부시다

보리수 나무숲이 장벽을 치고

울타리 가로등 꽃밭의 다양한 색들

하늘을 향해 솟아나는 녹색과 갈색꽃들의 유화의 질감

'반딧불이숲' 오카야마, 일본

모모타로 전설로 유명한 모모타로(桃太郎) 피치 보이(Peach Boy)는

일본 전설의 대중적 영웅이다 숲은 엄청난 수의 반딧불이의 서식지

여름의 '불빛 쇼' 노랑·초록·연한붉은빛 색으로

캔버스 위쪽의 검푸른 숲을 배경으로 현란히 춤춘다

풀밭의 반딧불이에 설레어 두 연인이 그속으로 간다

그의 그림엔 늘 두 연인이 있다

'일곱색깔 언덕' 아르헨티너, 푸르 마마르커

가장 아름다운 일곱 색의 페인팅 나이프가 강하게 누름과

길게 틀어내림으로 겹치면서 하얗게 질린 하늘아래서 저마다의 색

깔로

땀흘리며 단단히 박혀있다 그림속 두 연인이 환호한다

'푸에리토 프린세사 지하 강' 필리핀 팔라완 국립 공원

숲속의 도시라는 별명을 가진 많은 종유석의 지하 공간

화가는 마음에 들 때까지 물감을 쏟아부으며 동굴을 그린다

흑회색 암벽은 철분이 묻어날 듯, 암갈색 동굴벽은 색이 춤추며

뒤틀려

벽에 붙다가 흘러내리다가 동굴을 빠져나가는 물결에 실려간다

뱃놀이인지 탐험대인지 험한 협곡을 함께 흐른다

하늘 그아래 광야, 고인 호수·숲, 어두운 색, 밝은 색위에 흰물감을

뚝뚝 내려찍으면 갑자기 살아나듯 꿈틀거리고 건강해진다
진한 물감 흰빛으로 덧입히는 호흡이 짙다

소영인 화백의 그림엔 거의 두 연인이 같이 있다 자연속의 인간
모든 색은 춤추고 힘이 넘치는 물감의 뭉침 어울림
절경을 찾아 그림으로 더 빛을 내는, 자연을 다시 깨우는 붓질
그그림속에서 함께 물감 묻히며 뛰어다니고싶어진다

*스토리가 있는 세계그림 여행. 2019. 2.27.~2.28. '조선 일보' 미술관.
*소영일 : 전남 광주 생. 연세대·서울대 대학원·홍대 대학원 미술 교육과 중퇴.
현재 연세대 명예 교수. 개인전 4회.

松花紛紛, 김병종 신작 개인전에서
──미술관 읽기 · 69

작가는 말한다
채색하듯 글을 쓰고 畵文의 양 날개를 펼치겠다고…

'松花紛紛' 전에는 노란점이 몽환적으로 봄이 오는 들녘을 난다
봄들판은 도랑마다 노랑알갱이 퍼져, 새 한 마리 생명속으로
소멸할 것임에도 저토록 아름답고 꿈같이 떠다니는
점점이 박힌 집들 사이 소나무 송화 분분 노란 미립자 생명
생명의 파종 그몽환적 노란색의 이동
노란송홧가루 날리는 노송마을 · 파랑새
닭이 있고, 새를 안고 대화나누는 아기 젖먹이는 어머니
푸른개도 컹컹 노란소리를 지른다

꿋꿋한 수탉의 '푸른 孤高聲'
크게 뜬 눈 노란깃털속 푸른 꼬리
볏이 푸르고 부리마저 푸른 고고성이 목을 늘여흔든다
꼬리 끝까지 기운찬 푸른꼬리 송화 분분속에 더 진하다
소나무순이 푸른바람에 떠있다 그사이로 송화 분분 보듬고
소년은 맨몸으로 숨결도 송화 분분 아득하고 대지는 따뜻하다
연록속에 누운 말은 푸른 줄무늬 나비와 눈을 마주친다
녹색의 선으로 칼칼한 선의 산과 쏟아지는 폭포는 沼를 안고
봄날 노랑, 초록이 하나된다

생명의 소립자, 입자의 운동성이 비서구적 속성을 확인하면서
생명이 파종되는, 어느 하나 귀하지않은 것없는
노란색의 이동, 송화 분분의 봄바람으로 몸이 바람을 타고오른다

*'松花紛紛 전'에서. 평창동 '가나 아트 센터.' 2019. 3.14.~4.7. 전시.
*김병종(1953.~.) : 전북 남원 松洞서 성장. 2018. 서울대 미대 교수 퇴임 후 전업
작가.

김호득의 굵은 음성을 보다
── 미술관 읽기 · 70

먹물먹은 붓은 마구 던져지듯
곧게 서고 점으로 확산된다
굵게 꺾이는 소리
점을 튀겨가며 덩어리 덩어리 휘갈기고
먹기둥 세우다가 꺾여눕거나 땅깊은 곳에서
먹이 부르짖는

폭포로 쏟아지고 먹물 沼로 고인다
먹빛 꺾이며 소리 삼킨다
낯부끄런 소리 허용치않는 먹빛 마주보고 이어지며
부서지는 굵은 음성

신관에 전시된 실험 작품, '겹-사이' 2018.
점점 소멸하듯 소생하는 변화하는 화면
아홉 면의 화폭으로 펼치는 변신
검은 바탕속 4각 화면의 검은 움직임들
움직이며 새모양으로 탈바꿈 또 변신하며 4각 화면을 뒤덮어
점점 작은 점으로 깜빡이고있다
종모양이다가 둥그런 바위같은 둥글둥글한 감촉으로 4각 화면의
귀퉁이만 남기고 변신으로 가득찬다

동양 화가의 단조로운 몇 번의 움직임이 치명타를 날리고 빛의
수묵이랄 수 있는 캔버스(광목에 먹)에 산이 물결쳐 출렁인다
정지된 듯한 공간의 흐름, 빈것을 허용않는 탄탄한 결속이다
조용하나 굵은 음성으로 도전하는 정신
'나는 그림이 억지로 되는 것은 아니라는 생각을 늘 해왔다.'-김호득

  *소격동 학고재 갤러리 전시(2019. 3.06.~4.07.)에서.
  *김호득(69세). 동양 화가.

'여기, 지금(Here and Now) 전' 김병기 신작전에서

──미술관 읽기 · 71

마음으로 그리는 추상화는 동·서양이 교차되는 현실 세계를
지금 아무것도 일어나지않는 무아경, 동양의 無爲 개념을
그린 '103세 노화백'의 농익음이다

물감을 자연스레 칠하고지우고 덧칠하는 수없는 반복
사선을 박아놓고덧칠하고, 흘러내린다
검은 직선이 겹치고 뿌리든든한 나무밑동인 듯
덧칠로 솟아나는 선에 묻혀 바탕이 되는 선
그혼합으로 돋아나는 색
가늘고길고짧은 검은 선이 이지적이다
지움의 흔적이 되풀이되며 얇으나 깊어지는 깊이

먹선이 살아 바람에 일어난다
날렵한 붓끝이 고개쳐들 듯 사선으로 춤춘다
직선·수직의 선들이 꼿꼿하고 날카롭다
황금색·먹색이 중심에 있다 희고곧은 선이
평행으로 수직으로 자른다
청·홍·흑의 직4각형이 끊어지고이어지며
그림 하단에 흰수직선으로 나누어진 4각의 홍·청색의 콘트라스트
언뜻 유영국의 화면이 스친다
裸身이 환한 살결로 서있다

검은 선들이 마구 침범해온다 사선으로 길게
짧게 몸을 찌르며 포위하고, 나신은 그대로 살아 영원한데

지우기의 흔적은 그림속에 숨어 쌓여있다
공간과 시간의 무한 공간, 정신적 공간의 끝없는 과정속에서
예술적 도통으로 추상을 통과하고, 오브제를 통과하고 다시
수공업적이고 원천적인 선으로 돌아온 종합적인 단계가 지금
노화백의 세계이며, 붓을 놓는 순간 코가 짠해지는 감동을,
늘 '과정'안에 있다고 하는 순수를 배운다

*2019. 4.10.~5.12. 평창동 '가나 아트 센터' 김병기 개인전에서.
*김병기(1916.~). 평양 출생. 동경 미술 연구소 수학. 동경 문화원 미술부 입학.
광복 후 북조선 문학 예술 총동맹 서기장(1945.). 북한 탈출(1947.남하). 종군 작가.
서울 공고 교사. 6·25 이후 서울대 미대 교수 역임. 1965. 뉴욕 정착. 20여년 작
품 활동. 70년 이후 국내 화단 복귀. 2016. '백세철풍' : 바람이 일어나다. 이후 3
년 만에 만103세 날에 '산의 동쪽-서사시' 신작으로 전시회. 김 화백은 이중섭
유영국과 동갑내기로 지냈다.

李淸子 화백 제40회 회고전에서
——미술관 읽기 · 72

초여름 초록의 손짓따라 환한 전시실에 들어선다

설산을 배경으로 하얀 테이블 위 붉고흰 장미 숨소리
두 연인이 춤추는 희푸른 안개속
다른 얼굴의 소담한 꽃다발 모두 살아 건강하다

이청자 화백의 여인들은 춤춘다
한국 무용의 춤사위가 다 모여 전시장을 구르고 휘두른다
'리듬(Rhythm)-238'의 승무를 추는, 나르듯 하얀소매끝에서
'리듬(Rhythm)-240'의 장고춤 추는 북채끝에서
탈춤을 추며 들어올린 긴소매끝에서
남빛치마밑에서, 살포시 들어올린 버선코끝에서
훨훨 날고 미끄러지듯 버선발 내디디며 사쁜사쁜 걸어나오는
지화자! 목청좋은 추임새와 함께 난다
농악소리 들판에 퍼지고 7인의 무동들 신명난다
명월이 너그럽고 강강술래 소녀들 가슴마다 달빛으로 따스하다
흰옷 무희 살풀이춤 마음을 흔들고
부채춤이 돌아가고 치마꼬리 휘돈다
백두산 천지 맑은 수면이 조용한데 천지를 지키는
바위산의 울림이 쩌렁쩌렁 돌아나온다

전시장을 휘도는 활력 생명의 울림 힘있는 색채의 숨소리
작가의 진지함과 예술이 주는 환희를 역동적으로 보여주는 생명력

*'조선 일보' 미술관 전시(2019. 5.22.~5.27.) 그림들은 '리듬' 연작으로 캔버스에 아
 크릴 그림.
*이청자(1939.~   ). 부산 生. 홍익대 미술 대학원 졸업. 개인전 40회. 단체전 다수.
 이 화백은 주제가 '생명력'이다. 춤 현장에서 현장을 보고 발레만 그리다가 한
 국 춤의 우아함에 춤꾼을 따라다님. 지방마다 다른 품새, 음악을 알고 매력에
 빠짐.
*그림 작업의 속내를 살짝 들었다. 놀라운 사실인즉 그림을 그릴 때 연필과 펜
 은 쓰지않는다, 오직 붓으로만 그린다고 그섬세함을 처음부터 붓으로만 그리다
 니…. '누구의 아류가 아닌…'이라는 작가와의 짧은 대담으로 작가의 치열한 예
 술혼을 배운다.

'야수파 걸작전'을 다녀와서

현대 미술의 혁명가들은 변하지않으면 안되는 시대적 사회적 여러 요소와 미술가로서의 자질이 결합하면서 독특한 현대 미술의 장을 연다.

1.그 새로운 성장과 눈들, 세상을 바꾼 혁명

정신적 혁명(프로이드의 정신 분석학)과 과학적 혁명(아인슈타인의 상대성 원리), 미술의 혁명[(1)앙리 마티스를 비롯한 야수파, (2)피카소로 인한 입체파]과 건축의 혁명(대규모 공동 주택 창안, 혁신적인 현대 건축), 그리고 패션의 혁명(샤넬:모든 여성을 장신구로부터 해방시킨 혁명가)으로 20세기 이후와 이전은 '보이는 세상의 탐구'와 '보이지않는 세상의 탐구와 재현'은 작가가 말하고자 하는 것의 해석 방법이 필요했다.

르네상스에서 인상파의 역할은 사물의 재현, 역사의 기록, 사물 형태의 재현이면 카메라 이후의 화가의 역할은 화가가 철학의 주체가 되어 사회적 메시지를 미디어로 활용하는 사물 본질의 재현이다. 즉 현대 미술의 탄생, 입체파의 탄생이다.

'현대 사회에서 문맹은 글을 못 읽는 게 아니라 이미지를 못 읽는 것이다.'라는 발터 벤자민(1892~1940. 독일 철학자)의 말이 새롭다. '나는 보기위해 눈을 감는다.'는 폴 고갱의 말.

현대 미술 탄생의 전주곡인 19세기 오노레 도미에(1846.~1864.)의 '물가에서', 귀스타프 쿠르베(1819.~1877.)는 '판화책을 살펴보는 마크

트라파투'와 '자화상'에서 흑갈색 배경에 이지적으로 응시하는 눈빛, 귀밑부터 턱수염이 짙은 무게로 진지한 남성을 그렸다.

드가의 '서있는 두 남자'(1867.)는 퍽 인상적이다. 정장의 두 남자, 한 사람은 프록코트를 입고 한 손에 앵무새를 안고있다. 또 한 사람은 정장에 모자를 쓰고 그얼굴은 지워져있다. 큰키로선 두 남자의 묘한 분위기 지워진 얼굴이 눈에 걸린다.

신 인상 주의 창시자 쉬라의 '1882 교외'는 사선의 검은 지붕과 흰벽의 조화, 먼공장의 굴뚝과 연기, 경작지의 푸른풀빛이 잔잔한 풍경

낚시꾼들(1883.)은 신사모를 쓴 남자 낚시꾼과 긴낚싯대가 눈부신 조용한 강물

원시 문명으로 떠난 영원한 자유인 폴 고갱(1848.~1903.)의 '젊은 타히티안'-1891은 뚱뚱하지 않았다. 땋아내린 머리에 붉은 리본, 얌전한 흰색모자 갸름한 목과 얼굴의 여인이 입을 다무지게 다물고 눈을 마주한다.

최후의 인상 주의 화가 피에르 보나르(1867.~1947.)의 '양귀비, 1912'는 흰 커튼의 창가에 양귀비를 꽂은 꽃병이 눈부시다. 밝고 조용한 풍경이다.

2.현대 미술을 키워낸 그시대의 畵商들

현대 미술의 결정적 조력자이며 그들의 가능성을 확신시킨 또다른 주인공은 그시대의 빛나는 화상들이다. 신인의 작품을 구매하고 화가들은 화상들의 초상화를 그렸다. 앙부르아즈 볼라르는 화가들이 그려준 초상화를 가장 많이 가진 화상이다.

앙부르아즈 볼라르(1866.~1939.)/거트루드 스타인(1874.~1946.)/다니엘 헨리 칸바일러(1884.~1939.)는 후원자도 없고 조롱을 받던 화가들의 재능을 알

아보고 새로운 시대를 그리게 했다.

젊은 화상들이 확신하는 예술가를 보호하고 성장을 바라보며 미술의 새시대 분수령이 되었다. 야수파의 창시자 앙드레 드랭에게 '빅벤'을 그리게 한 앙브루아즈 볼라르는 '저 여기 젊은 양반! 여기 이작업실의 모든 작품을 내가 살 테니 살 수 있도록 허락하시겠소?' 한 후 운명적 관계를 맺게 된다. 거트루드 스타인은 사교계의 여왕이기도 하여 그의 살롱은 미술사 최초의 현대 미술관이다. 1968년 '뉴욕타임즈'(*NYT*)는 그녀를 화가들이 걸작을 남기게 한 진정한 여왕이라 평하고 있다.

> *살롱의 기원 : 화가 등용의 살롱은 까다로운 심사를 거치고 부와 명예를 누리게 되는 곳이다. 살롱은 미술 단체의 정기 전람회를 가지고 루브르 궁에서 시작한 살롱은 미술가와 시민이 어울려 현대 미술의 담론을 발전시킨 온상이기도 했다. 1905년 살롱 '도톤느'는 진보적 작가들의 전시를 7전시실에서, 거기 모인 작가들은 독선과 비난, 야유 속에 야수파의 어원이 되기도 한 야수파 탄생의 무대가 되었다.

3.마티스와 피카소의 관계

*20세기 색채 혁명의 야수파 앙리 마티스는 왜, 풀은 초록색이어야 하나! 얼굴은 항상 살구색이어야? 나무는 왜 붉은 색이면 안되나!는 고민을 한다.

*'모자를 쓴 여인'을 그린 마티스의 작품을 보고 피카소가 출품을 포기하기도 했다. 피카소와 마티스의 경쟁은 전시회 때 그림이 각각 어느 쪽에 몰리는가? 화가 자신의 긴장감은 물론이고 사소한 것까지 양보하지 못하는 라이벌이었다. 액자에 넣을지, 그냥 둘지, 자신의 작품이 너무 공들인 것같이 보이지나 않은지, 긴장하는 두 사람…. 화상 거트루드 스타인은 '지금 파리에는 마티스와 피카소 패거리 두 진영이 지배하고 있습니다.' '마티스, 착각하지 마세요. 이제 당신의 때는 갔다고요.' 하기도 했다. <

*파리 정착 후 첫개인전 세잔느 회고전에서 피카소의 '아비뇽의 처녀'에 탄성을 지른 마티스.

*마티스 : 내 그림과 피카소 그림을 함께 전시하지 말아주게. 내 그림들이 초라해 보이지않게.

*파블로 피카소 : 나에게 가장 큰영향을 준 사람이 바로 마티스이며 난 평생 그의 그림자에 갇혀 살았습니다.

*마티스 : 피카소! 내가 화단에 발들이게 해줬더니, 이렇게 내 뒤통수를 쳐?

4.빛의 위대함, 빛나는 작품들

앙드레 드랭(1880.~1954.) '돛 말리기'(1905.).

항구·등대, 눈부신 환한태양과 밝은빛의 붉고푸르고 황금색 점점이 긴선으로 푸른파도의 물결로 색색의 꽃들로 긴돛대의 붉은 해변의 녹색나무들 춤추는, 흰돛이 활짝 핀 빛의 색들이 빛아래서 다이너마이트 뇌관이 되는 마티스.

나무는 왜 붉은색이면 안되는 걸까?

알메르 마르케(1875~1947.)의 '함부르그 항, 1909'은 잿빛큰배와 해변의 건물, 가까운 배들 모여 검은 기둥 세우고, '센 강, 1906'의 조용함과 옛집, 센 강, 몇 대의 자동차와 쓸쓸한 가로수, 강아래의 흐름 그리고 사람들 검은그림자로 조용히 걷는다, 은회색으로.

오통 프리에스의 '라 시오타의 풍경' 산이, 구름이, 계곡이, 나무가, 하늘이, 온통 노란 꽃잎들 같이 덩어리로 돌며 큰꽃이 핀듯 휘몰아 돈다.

<

조르주 브라고(1882.~1963.)의 '에스타크의 풍경,1907'
갈색 선의 산, 붉고노란 초록의 호숫가, 맑고 사랑스런 풍경이다

모리스 마리노의 '노에 성당, 4월의 어느 오후.1905'는 교회 첨탑과
붉고환한 각진 지붕과 흰벽, 화려한 춤을 추는 정원수, 따뜻한 어느
오후의 한낮 풍경

빛을 사냥한 야수 라울 뒤피(1877.~1953.)는 '그림이란 유쾌해야 한다.
세상에는 이미 불쾌한 것이 너무 많은데 그러한 것을 또 만들어낼
이유가 있는가'라고 했다. 1877년에 노르망디 해안에서 태어나 어려
운 시절을 보내고 학교를 나온 그는 빛에 대한 연구에 몰입한다.
1905년 마티스의 '호사·관능·평온'을 보고 큰충격에 자극받아 진정
한 빛의 본질을 본다. 빛의 본질을 깨달아 정지된 빛, 그림자를 그릴
필요가 없었다고 했다.

앙드레 드랭의 '빅벤'은 시대적 메시지를 탄생시켰다. 야수파 최고
의 걸작이며 푸르고밝은 점점이 그려진 궁전이며 의회며 시계탑으
로 변해가는 런던의 모습을 보여준다. 붉은 다리·빅벤, 붉은 석양은
흐르고 돛배아래 석양의 무늬를 깨고나아간다. 이시대를 보여주며
붉은태양이 점점이 타며 하늘에 터진다. '빅벤'의 종소리 은은히 울
리는 강 그리고 역사

피카소 '미치광이,1905'에서 우리는 누구나 광대가 아니겠는가. 1901
년에 파리에 정착한 피카소는 처음의 시도라 모든 규칙을 어길 준
비가 되어있는 실험적 자세. 어깨를 드러낸 브론즈, 울퉁불퉁한 상반
신은 좁은 얼굴의 눈은 깊이 박혀있고, 머리의 관은 부리가 예리한
새가 앉아 노려본다. 검은 청동 조각은 입체 주의 회화를 탄생시킬

수 있는 가능성이기도, 입체의 특징인 3차원적인 시각에 관한 관심의 확인이다. 서커스에서 모티브를 얻어 그때의 어릿광대 같은 자기 처지와 광대의 모습을 당시 자기 자신으로 생각하기도 했다. 모든 규칙을 엎은 청년은 아프리커의 가면을 소개받아 큐비즘의 시초가 된다. '아비뇽의 처녀들'은 이렇게 시작이 되었다고 했다.

 *'아비뇽의 처녀들'-1907.
 여인 다섯이 자유롭게 서고앉았다. 동물의 얼굴로 긴코를 벌름거리기도, 코가 가로누운 눈이 큰 여인들, 처녀들 움츠리지않고 팔펼쳐 그들의 두려움을 밀어내는 당당한 모습을 그린다. 조각의 모습을 한, 알 수 없는 그림들, 입체파로 나아가는 행위의 파괴이다.

 피카소는 '창조의 모든 행위는 파괴로부터 시작된다.' 말한다. '창조의 모든 시작은 파괴로부터 시작된다.'
 마티스는 '반드시 기억하라. 하나의 선은 다른 선과 관계에서만 존재할 뿐 결코 혼자서는 존재할 수 없다.' '야수 주의는 모든 것의 시작이다.'

 *혁명, 그위대한 고통. 20세기 현대 미술의 혁명가들'
 *야수파 걸작전' 세종 문화 회관 미술관 전시(2019. 6.13.~9.15.).

5백 나한을 만난 날 거울에 비친 얼굴
—— 영월 창령사 터 나한의 얼굴들 : 미술관 읽기 · 74

'국립 중앙 박물관' 전시실의 나한들의 여러 모습이 반갑다
소매를 걷어올리는 나한, 수행하는 나한, 정진하는 나한,
손을 모은 나한, 바위뒤에 앉은 나한, 가사를 두른 나한,
생각에 잠긴 나한, 미소띤 나한, 찬탄하는 나한, 선정에 든 나한,
거칠어 보이나 부드러운 돌, 들어안아보면 어린 아기의 몸짓으로
안겨들겠다

소매를 걷어올린 가사를 두른 나한은 입끝이 살짝 올라갔다
편안한 듯 고뇌를 넘어가는 표정, 다정히 맞아주는 살짝 파인 볼
우물
바위뒤에 앉은 나한은 몸 슬멋 가리고
눈만 웃으며 단정한 얼굴로 내다본다
코끝떨어져 다문 입술로 정진하는 고행, 여러 겹 둘둘말아 두른
가사에,
자그만 얼굴 지긋이 감고 살짝 미소짓는 그경지
가장 정결히 손모은 마음도 고개 외로 들고 작은 마음 붙잡고있다
깊은 주름의 얼굴 두 손 모으고 어떤 생각일까

참으로 긴시간 무아경으로 미소띤 나한, 다가가 말 건네고싶어진다
두 눈 입술이 흐뭇한 찬탄을 말한다. 두 손 잡고 감격으로
편안히 슬플 수 있는 지금 내 삶 바로 옆에 있는 해탈에 이른 얼굴들

나한과 관객 서로 어울려 서로 오라 기다리고있다

지금 창령사터 당신의 마음을 담은 5백 나한을 둘러보며
작은 돌덩이가 살아서 지혜로운 자신은 작은아기같이 앉아
구도자의 명상으로 적멸의 기쁨으로 자연스럽게
바위를 쪼아 인간 그대로의 여러 모습은 내안에 존재하는 깨달음을
희로 애락의 나와 우리들, 바로 돌속으로 끌어들이는 나한의 얼굴

현대인의 버석거리는 일상 그내면의 소리
나한들과의 귀기울여 나눈 긴이야기가 계속 소매끝 잡는다

*영월 '창령사' 터 5백 나한 전(2019. 4.29.~6.13.) '국립 중앙 박물관'에서.
*나한 : 聖者. 최고의 깨달음을 얻은 불교의 성자. 부처 이후 가섭을 비롯한 5백
  명의 제자들.
*나한 당 : 통일 신라 때 오대산 북대에 5백 대아라한을 그려 모신 '나한당'은 국
  가와 민족의 안녕을 기도함. 고려와 조선조에 '나한제'를 올려 진혼 의식으로도
  치러짐.
*창령사' 터 : 영월 주민 김병호 씨가 나한 상을 발견, 2001년과 2002년에 본격적
  발굴 조사.

붓은 또다시 미지의 세계 캔버스 위를 춤추기 시작하다
──화가 천병근 32주기 유작전 : 미술관 읽기 · 75

붉은하늘 흰구름 달뜨고 별똥별 떨어지고
바다가 작은 물결로 솟고 여인은 턱을 들고 산은 누웠다
우주의 비행 물체 색색의 주사위다
우주는 돌고 새도 물고기도 눈동자가 박힌 나뭇잎도
캔버스는 자유롭다 모자이크로 대립하는 색
여인의 머리위 흰새, 북이 마지막 캔버스로 춤추기 시작이다

'慈愛'–백자와 성 모자(캔버스에 유채)
은총이 가득한 마리아여 부드러운 팔에 안긴 아기, 얼굴 비비며
성모는 아기를 안고 붉은 꽃가지는 백자에 둥글게 핀다
아기의 발끝이 성모의 발끝에 닿았다
직선의 절개선과 둥근 항아리, 둥근 태양이 사랑을 이룬다
'삶(live)'은 액자에 든 예수가 늙은 어미를 보고있다
성경을 펼친 어미와 두루마기동정이 하얀 늙은아비
두 손 모아 마음을 드리는 절실함과 간절함을
'聖心'은 짙은 녹색과 들비치는 밝음속
십자가 우러르는 눈동자 그 깊은 성심짙은 어둠속 빛이여
'전설'(캔버스에 오일. 1959.)은 회색빛이 밝게 퍼진 우주
검은색 태양이 은테두르고 노란 산악·반달·절집에서 바라보는
새의 노래 둥둥 떠다니는 우주는 자유롭고 천진하게 꿈꾼다

'1959 무제'는 붉고어두운 갈색의 배경
검고진한 선이 얽혔다 흰색의 희망이 뒷배경으로
붉은 초점으로 어우르는 굳은 의지로 감싸여돈다
'정물'(캔버스에 오일. 1982.)
테이블 위에 과일과 기하학적으로 이룬 배경이
겹치고 자르는 선으로 섰다 새 한 마리 빈 테이블 위로
내려꽂혀 소리 지른다
'성 모자상'은 날카롭고 세밀하고 단호한 선의 드로잉이다

'독실한 신앙인 예술가로의 상상력이
영혼의 언어로 살 수 있으리라고 보았다.' —서성록

'제주의 낙조'(캔버스에 오일. 1978.)
하늘은 붉고 한라산 석양도 붉다
구름도 물든 그아래 짙푸른산 바다의 출렁임
눈앞의 바다는 하얗게 부서지며 바다를 뒤집고 목청껏 소리친다
희고거센 힘이 붉은 석양을 견뎌낸다

푸른바다의 제주를 그린다 한라산 봉우리가 더 붉어 아름다운
'색채감이 존귀, 생명의 기쁨을 준다.' —이경성

'우화' 눈이 큰고기, 입 꽉물고 새주둥이보다 날카로운 낚싯바늘
사실과 비구상적 색채의 대비로 낚시는 춤춘다
'물'(캔버스에 오일. 1983.)은 북청색이 짙어지면서 춤추는 흰색 붉은
색이
3각·4각·긴선으로 연꼬리같이 날리며 어우러지고흐른다
'기도'(캔버스에 오일)(마태복음 7장)

푸른테의 흰달이 내려다본다

저고리동정이 단아한 여인이 손모아 기도한다

'… 구하는 자마다 얻을 것이요. …'

희게 눈부신 지상에서 흰저고리의 여인이 하얀 단 우러르며 기도
한다

*천병근(1928.~1987.) : 경북 군위 출생. 목사의 장남. 신앙인으로 종교적 감성의 예
술세계에 매진. 1940년 일본 유학. 도쿄 와이엠시에이(*YMCA*) 미술부 수학. 1947
년 귀국. 고교 미술 교사. 1980년대 파리와 엘에이에서 개인전. 주목받는 창작
활동. 화가로서의 초기엔 재야적 위치에서 초대전 활동.
*물고기 : 기독교의 상징이며 평화 환희를 뜻한다.
*2019. 6.11. '조선 일보 미술관' 전시.

데이비드 호크니, 그 다양하고 자유로운 세계
──미술관 읽기 · 76

예술가들은 세상을 보는 눈과 표현에서 몇 발자국 앞서거나 과감한 시도로 시공간을 확장하며 다양한 가능성을 보여준다. 회화·판화·드로잉·사진·디지털 기술을 통해 폭넓은 다양한 세계를 보여주고있다

'환영적 양식으로 그린 차(茶)그림'(1961.캔버스에 유채)을 처음 만난다
 4각의 캔버스, 상자모양을 만들어 테두리의 노출로 입체감을 살린다
 당시 미국의 추상 주의의 우세에도 이미지의 경계를 흐려가며 피카소의 다양한 양식과 그림 제작 방법에 의도적으로 접근한다

호크니는 브래드퍼드 예술 학교 시절 실물 드로잉, 외부 세계에 대한 관찰에 입각한 전통적 교육을 받아 석판화를 제작한다. 1959년 영국 왕립 예술 학교의 2년제 석사 과정과 회화를 전공한다. 성숙한 예술가로 성과 사랑에 대한 주제를 전달하고 자신만의 특성으로 양식상의 자유를 그린다.
 실재 혹은 상상에 기반한 남성만의 애정 관계를 다루기도 한다. 1961년 런던 '동시대 젊은 작가'는 영국 팝아티스트 세대의 주목을 받는다.
 아트 딜러 존 카스민이 호크니의 공식 딜러가 된다. 16점의 에칭작품 '난봉꾼의 행각'(1961-3. 종이에 에칭)이 사회를 풍자하며 현대적으로

재구성해 호평받아 주목받는다.

'카바피의 시 14편을 위한 삽화'(1966년 시리즈)는 1966년 베이루트 여행 후 이집트 시인 카바피의 작품과 연관한 에칭 시리즈를 드로잉으로, 게이들의 사랑에 대한 존엄성과 로맨스를 그린, 밀도가 낮으면서 정확한 선으로 재현적 스타일을 보인다. 점잖게 에로틱 하지만 남성들 사이의 친밀감은 매우 분명히 표현한다.

- 나신으로 엎드려 서로 쳐다보는 침대위 두 남자, 이불 한 끝을 들고 한 남자 옆으로 다가가는
- 두 남자는 반듯하게, 옆으로 서로 쳐다보며 흐뭇하다, 머리위로 팔베고 누운 남자 담담한 편안함
- 흰 시트가 밀려나고 같은 눈높이로 한 곳으로 흐르는 사랑과 함께

'예술가와 모델'(1973.종이에 에칭)
테이블을 가운데로 두 사람이 마주 본다
가로줄 무늬의 셔츠로 앉은 피카소, 그앞에 안경만 쓰고 맨몸으로 앉은 호크니, 서로 응시의 자세로 겸손한 호크니, 피카소에게 더 가까이 가려는 테이블 밑 호크니의 맨발이 단정히 모아졌다. 테이블 위 피카소에게 조심스레 다가가는 호크니의 손.

1973년 피카소 사망 이후 자화상, 판화 형식의 오마주, 피카소에 대한 경외, 호크니는 피카소와 재회하면서 혁신적으로 '푸른 기타'시리즈 '1976-7'를 제작한다. 피카소의 청색 시대 작품인 '늙은 기타리스트'(1903.)에 따른 것이다. 호크니가 원근법 자연 주의 덫에서 벗어나 세계를 다룬 작품이다. 호크니의 피카소에 대한 경외심과 탐구 정신의 다양한 시도는 판화사에 중요한 기여이다.

- 석판화로 된 인물 초상화

반듯한 정장 차림의 남자들 권위적 복장위의 얼굴 그고뇌와 허망 눈초리에서 활력을 지켜낸다 석판화로 본 일상에서 섬세한 선들이 연필화의 흑연이 마음의 숨결을 전한다

미니멀리즘으로의 두드러짐으로 사실적으로 묘사한 낮은 건물에서 근대적 그리드에 대한 유희, 빌딩 속 남자가 나는 새가 찍힌 푸른 커튼 뒤에 마주보고있는 알몸을 과시하는, 어디서 많이 본 듯한 검은 피부의 남자

1964년부터 산타모니카에 살면서 도시의 열린 공간을 그린다

'밥 런던'(1964. 종이에 흑연 크레용.)

깨끗한 배경으로 선 반나의 남자 한 쪽 눈만 살아있고 단단한 근육을 과시한다. 그러나 어딘가 허전하다. 섹시한 도시도 단순한 회화 형태와 평면성을 통한 장면으로 부각시킨 풍자.

'나의 부모님'(1977. 유채.)

초로의 부부가 있고 장미 화병이 눈에 들어온다, 남자는 화보를 보고 여인의 백발이 푸른 원피스에 물들어 더 조용하다, 가지런히 모은 두 손 다리, 서로의 위치에서 평온하다, 틀에 짜인 노년의 오후, 남자의 정장 구두가 깨끗해 빈틈없다.

'첫번째 결혼'(1962. 캔버스에 유채)

무지개 태양이 한 쪽에 붙었다. 멋없는 야자수가 꼭대기에 잎 몇 개, 행복한 배경이 없는 삭막한 신랑, 면사포만 겨우 쓴 앉아있는 신부.

'두 번째 결혼'

검은 안경의 신랑과 검은 배경을 겨우 지운 붉은 꽃무늬 커튼, 흰 드레스 신부의 검은 구두는 뾰족하다, 솟은 두 유방은 로켓포로 달렸다. 검은 배경이 드러난 결혼을 시작하는 신부의 흰얼굴이 멍~하다. 결혼은 환상인가.

'베를린 사람과 바이에른 머리'
두 사람이 서로 불편하다
흰머리에 안면이 붉고 푸른색으로 마구 뭉개졌다
흰 와이셔츠가 선명한 푸른 넥타이 선으로 의아한 베를린 사람,
흰머리와 아주 작은 눈이 깊고 불안하다 다른 부분은 흐리게 그려져
눈 하나만 보이는, 몸은 검은 판으로 가리고있는 바이에른 머리

- 파란비가 뚝뚝 떨어진다 흰빗줄기가 사선으로 엇갈린다
   동그란 파문들이 가득한 그곳에서 푸른빗줄기가 떨어진다
   1973년에 종이에 석판화로 푸른 잉크와 물웅덩이의 변화
- '잔디밭과 스프링클러'(1967. 캔버스에 아크릴)
   잔디가 깔린 정원에 뷔(W)자로 솟으며 터지는 스프링클러
   조용한 집의 풍경을 흔든다 그리고 수영장 다이빙 판이 흔들린 후
   푸른 수영장의 물이 흰용솟음으로 푸른하늘을 깨운다
- 셀리야의 이미지를 살린 종이에 석판화(1984-5.)
   한 화면에 여러 이미지를 그린다 웃으며 일그러진 눈물을 그려
   직선으로 갈린 또 하나의 얼굴 동시에 다른 이미지로 엇갈리며
현란하다
  - '두 개의 의자 옆을 걷기'(1984-5. 종이에 석판화)
   화폭 케이스가 화폭속 그림과 이어지면서 의자가 놓인 유리판
저쪽
   유리판위에서 서로 만나고 어긋나면서 움직이고있다
   꽃을 꽂은 유리병이 각도에 따라 부피가 달라진다
   아름다운 미소로 걷고싶다 그림틀과 그림이 이어지고있다
   입체를 보고있다
   호크니가 본 세상은 21세기 전환기에 시간과 공간의 확장을 압축
적으로 보여준다

그랜드캐년의 풍경화 '더큰 그랜드캐년'(1998.캔버스에 유채.)

장엄함 그 그랜드캐년의 계곡은 더 푸르고푸른나무는 그 잎 더 진하고

붉은 계곡은 태초의 꿈틀거림으로 붉은 천둥의 울림으로 우리를 압도한다

- '와터 근처의 더 큰나무들 또는 새로운'(2007. 캔버스에 유채.)

벽면을 온통 채운 전원속 두 채의 소박한 집 두 줄로 늘어선 겨울나뭇가지

검은 나무줄기와 흙빛나무줄기가 하늘끝에서 만나 하나로 엉기듯 하늘을 가리고있다, 잎 다 떨군 가지끼리 얽힌 관계, 나무들 말 없는 메시지가 높은 가지에 걸려 떠다닌다, 가슴 탁 트이는 나뭇가지들의 합창이 저길끝으로 우루루 이어진다

호크니는 '2017년 12월 스튜디오에서'에서 3천 장의 사진을 드로잉으로 압축적으로 보여주고 그의 작업을 소개한다. 나의 집, 애견도 집안 가구들 모두 한 점 회화이다. 그의 작품의 집대성이다.

남자 초상화의 그눈빛으로 그의 사상은 살아있음과

호크니가 피카소와 마주앉은 그림과

벽전면에 펼쳐진 와터 마을의 풍경이 오랜 잔영으로 남겠다.

*호크니의 말 : 눈은 언제나 움직인다. 눈이 움직이지않으면 죽은 것이나 다름없다. 눈이 움직일 때 내가 보는 방식에 따라 시점도 달라지기 때문에 대상은 계속해서 변화한다. 실제로 다섯 명의 인물을 바라볼 때 그곳에는 1천 개의 시점이 존재한다. 나는 항상 그림이 우리로 하여금 세상을 볼 수 있게 만들어 준다고 생각해왔다.

*데이비드 호크니 : 1937. 영국 브래드퍼드 출생. 1960년대 로스앤젤레스로 이주. 60여 년의 긴 작업을 통해 널리 알려짐.
*'우리 시대가 가장 사랑하는 아티스트 데이비드 호크니 전시'가 2019.3.22.~8.4.까

지 서울 시립 미술관 2,3층에서 아시아 지역 첫대규모 개인전으로 1950년대 초
부터 2017년까지의 작품 133점을 전시했다.

'玄: 깊다, 고요하다, 빛나다' 이진우 개인전
—— 미술관 읽기 · 77

이진우의 예술은 지나친 지적 편향에서의 탈정신이, 가르치는 그림이 아닌
그림앞에서 마음대로 생각하는 정신적 자유로움을 허용한다. 먹물을 칠하며
열심히 노동하는 흔적이 느껴지는 작품을 대한다.
*전시장 작품의 제목이 없이 오로지 관객이 이름지어 간다.

고뇌의 두께 1.5센티미터 캔버스가 하나의 지층이다
한지와 숯덩이가 긁히고갈라지며 결합된 굳은 회색덩이
쇠솔로 가로세로 긁어내는 노동의 숨소리
굵은 실이 막힘없이 길게 일어나는 희고푸른 응고
가장 밀접하게 석화된 가슴속 통증

유리창너머 푸른안개 내려
고운숨 쉬는 안개덩이 두웅 떠서 흐른다

자갈이 오그르르 모여 바람 새어나가는데
안개비 흑갈색으로 내리는
발바닥 숯알갱이 간지럽다

가로누운 무채색덩어리 깊은 침묵
진한 안개가 함성을 깨물고 있다
숯덩이 각각의 소리로 뭉쳐서   <

푸른 달을 쳐다보며
희부옇게 부침하는 먼기억으로
시베리어 대평원이 내려보이는 산봉우리들이 비집고 길을 낸다
부우연 새벽을 기다리는, 쇠줄로 긁고 돋아나는 한지의 속살이
찬바람속에서 살아난다

전시실 가득한 깊음 그리고 고요함
무채색이 보여주는 순수와 진지함
작가의 건강한 손이 거친 캔버스 위에서
희고푸른, 흑갈색 장엄함으로 깊은 묵상 중이다

*玄:깊다, 고요하다, 빛나다' 이진우 개인전에서(2019. 10.2.~10.20. '조선 일보 미술관').

단색화가 전에 다녀오다
───미술관 읽기 · 78

1.

추상화 전시길 긴장하는 가슴
회화는 색으로 선으로 이끄는데
그모습 미리 설레게 해
인사동 줄지은 미술관 마을 '노화랑' 문을 연다

이세상에 같은 크기의 점은 없겠지
배경을 지고 제모양대로 점 찍어나간
채색으로 모였다가 바람불면 다그르르 쏠렸다가
제발걸음 찾아 列을 이루는 점들의 행진
번지는 점들의 이야기 듣다

> *김환기(1913.~1974.) : 신안 가좌도 출생. 광복 이후 모더니즘 미술 운동 폄. 4각형
> 의 연속속에 점을 찍는 작품 세계 보여줌. 한국적이며 세계적으로 풀어냄.

2.

밝은 화선지에 먹물은 침착하고 정숙하다
모자란 듯 더 덧칠하기 여분의 공간에
들킬세라 한 겹 덮어쓰며 침묵의 행보
말씀 남발하지않는 침묵의 출구
오직 검게 붉게 한마디로 굵게
갇힌 마음
산뜻하게 가르는 출구

검은색 두 4각형 캔버스를 가른다

마주오는 검은 기둥

흠칫 뒷걸음치고 있다

3.

줄줄이 판자 세워지고 가운데 붉은 기둥 눈을 끈다

회색 빌딩이 촘촘한데 흔들림없는 자세로

단단한 벽

그벽아래서 약간, 조금 끌어올린

긴막대기의 자세

그것은 창이었다

답답한 빌딩들 사이로 몸부림

아주 단아한 색과 선의 이야기

깨끗한 창

4.

푸른 손도장 같이 빈틈없는 전개

저마다의 심장의 색깔은 짙고 여린 색으로 평등하게 소리지르고
있다

현미경으로 보듯 가로세로 틀림없는 간격으로 모여

위아래 하나의 빛으로 덮였다

칸칸마다 해도해도 끝없는 이야기

찢어진 종이위에 크고작은 새얼굴의 모자이크

가늘고 굵은 선으로 가르고 붙여지며
서로 손잡고 반듯한 얼굴로
제모습으로 돌아가고 싶어
모이고 조여지며 균열로 외치는 외치는

*정상화(1932~) : 경북 영덕 출생. 어두운 사회적 정신적 분위기 심층적 표현. 격
자형 구조 변복되는, 수직·수평으로 캔버스 위 균열로 무수한 네모로 덮어감.

5.

화방 가득 붉은 장벽
회색 장벽이 단단하다
캔버스의 딱딱한 조직을 긁어내린다
벽돌의 장막이다
회색 시멘트 장벽이다
큰 자국은 위에서 아래로 긁어내리며
같은 숨결로 아래로 흘러흘러
숨을 틔운다
아니면 커튼이 굵은 고리에 매달려
길게 쏟아내린다
아! 폭포다

*하종현(1935~) : 경남 산청 출생. '60년대 후반 기하 학적 추상화의 미적 가능성.
실험 미술의 선봉. 시대의 저항 의식을 담음.

6.

반복되는 단위가 규칙적이다
아니 제각각 제말하는 독립자 풍에
붉게 흘러내리고 없는듯 느린 색으로
반복한다
- 같으면서 다른 얼굴로 -

틈을 주지않고 벽면을 메우면서

한 색으로 같은 얼굴이라고

틈새마다 다른 움직임을 보라면서

같은 얼굴 아니라고

*최명영(1941.~) : 황해도 해주 출생. 한국 전쟁 때 남하. '70년대 아방가르드 결성.
단색화의 태동과 형성에 큰 역할. 평면을 평면으로 인식하는 흔적 기록.

7.

화면 가득

크고작은 4각의 움직임 조용한데

캔버스에 빠져들었다가 돋아나다가

보이지않는 움직임

짙고 여리게 4각은 서로

손잡았다 놓았다하며

바라보다하며 같은 색으로 넘어지고

퍼지며 감싸고 모아지며

깊은 이야기한다

*서승원(1942~) : 서울 출생. 1973년 단색화의 출생을 알리다. 60년대 엄격한 기하
학적 패턴과 5방색을 추상화로, 단색화로 색의 울림을 그림.

8.

먹과 굵은 붓의 힘

가로로 비스듬 쏠리다가

붓의 모든 결은 캔버스에 누웠다

셈·여림. 선율을 타는 흐름

그위 가는(細) 실핏줄로 그어진

매끄러운 미소 힘있는 붓길

화가의 마음을 오래 읽어본다

*이강소(1943.~   ) : 대구 출생. 71년부터 협회전·개인전·비엔날레를 통해 미술과
삶을 탐구. 80년대 회화·조각으로 활동. 자유로운 바람을 따르는 화가.

9.

조각난 퍼즐

제자리에 맞추어놓았다

작은 가슴에 더 진한 빛 창 뚫고

빠진 자리 없이 어깨겯다

벽면 가득 촘촘히 모인 목소리

색들 물감 진하게 겹치고 쌓여가며

힘겹게 터진 구멍

스며나오는 목소리

*김태호(1948.~   ) : 부산 출생. 캔버스 위에 종이를 붙여 흔적을 드로잉 기법으로
작품. 회화의 근원적 물음에서 의식 전환으로 공간 구조를 평면에 새로운 가치를
부여하고 있다.

*한국 전설의 추상 회화 전시회(2021. 2.24.~3.6. 인사동 노화랑.)
*노화랑 발간 책자에서 화가 소개 부분을 참조했음.

한국 현대 미술 거장전
──미술관 읽기 · 79 : '조선 일보 미술관' 전시(─TV 조선 개국 10주년 기념)에서

'코로나 19'에 묶였던 생활에서 살짝 벗어나 한국 현대 미술 거장
전에서
　화가 박래현 김환기 김창렬 화가를 만나고, 유영국 이우환 화가를
만나다

　섬마을 소년의 푸른색은 아득하고 그윽한
　고향이고 바다색이다

　꽉찬 달날개 스치며 달 지나간다
　달의 중심 가르며 간다
　흰색과 푸르르한 색의 한몸되기
　학은 달을 쪼며 무슨 생각할까
　흰구름 달랑 떠있다
　가나다란 선 풀어지고이어지면서
　엉키고풀어지면서 단정히 선자세로
　큰나무속 작은 몇 그루로 숲이 되고
　최소한의 선으로 한없는 이야기를 그려낸다

　무한한 흰 캔버스 희푸른질그릇빛
　4각형이 모두를 누르고있다 -김환기와 함께

<

128

화촛잎 커다란 그늘아래 고양이눈 까맣다
단촐하나 정제된 멋부리는 회색나래 긴꼬리
검은 날개 퍼덕이고 길게 늘어진 가야금줄
부리로 뜯는다 긴목이여 검은 날개여

여인들이 들어올린 치마밑 건강한 다리
무겁게 큰 풍성한 유방이 달려있는
오직 가느런 허리에 모든 것 걸었다
여인의 기다림에 길어가는 모~옥 –박래현과 함께

*박래현은 서구 모더니즘을 새로운 동양화풍으로 대표작 '노점'을 그림. 한국적
회화에서 추상화·태피스트리·판화까지 한국 미술사에 선구적 역할을 함.

금빛 물방울 금빛으로 도도하다
영롱함에 금물 들었다
이물방울들 찍으면 화가의 이마에로
땀방울 맺히겠다
방울은 무겁게 떨어질 듯 끈끈히 달렸다
방울끼리 포개고 덧쌓아 요란하다
후! 불면 파르르 춤추며 보내주겠구나
손가락으로 튀기면 도르르 두르는 보석의 노래여 –김창열과 함께

*그의 물방울은 그냥 물방울이 아니다. 신선한 시각 체험을 우리에게 보여주는
것. 물방울 예술가로서의 자신을 투영하고자 한다고 했다.

처음의 농도 옅어지는 숨소리
단단한 숨이 점점 흐려지고
그단색의 길이, 순수는

처음의 단단함이 풀어지는가

흐리고 약함이 오를수록 짙어지는가
엇갈려 꽉 채우는
공간의 힘 –이우환과 함께

보랏빛 하늘 보라산
밝은초록 연초록 얹혀 솟는다

격자무늬가 아코디언 럼 늘어나고
무지개색 파도로 물을 밟고논다

중심에 노란 금줄무늬로 즐겨 열어본다

보랏빛 산 예리하게 줄지어 이어진다
푸른산위 또 푸른산에 흰새떼 흩어진다
제부도바다위 돌아오는 철새떼 생각난다
새들은 파란하늘에 섬광같이 퍼지는
커단꽃송이 —유영국과 함께

*한국 현대 미술 거장전—티뷔(TV) 조선 개국 10주년 기념('조선 일보 미술관. 2021.
  3.9. ~3.21.)
*더 오리지널- 김환기 박래현 김창렬 유영국 이우환 작가.

노실의 천사
──미술관 읽기 · 80 : 권진규 탄생 100주년 기념 전시회에서

1.그의 시의 문을 열고 들여다보다

1972년 3월 3일 '조선 일보' 연재 기사의 '예술적 산보'에서
'爐室의 天使를 작업하며 읊는 봄, 봄' ─권진규 시

- 나뭇가지가 바람에 꺾이는 겨울날의 밤, 마디는 굵어지고 꽃순을 잉태한다
- 진흙을 씌워서 노실에 화장하면 그 어느 것은 회개 승화하여 천사처럼 나타나는 실존을 나는 어루만진다
  아무도 눈여겨보지않는 乾漆을 되풀이하면서 오늘도 봄을 기다린다
  까막까치가 꿈의 靑鳥를 닮아 하늘로 날려보내겠다는 것이다

시의 부분들을 따모아 고르며 권 작가와 봄을 읊어보았다. 권 작가는 예술가이기 전 장인으로 문화 유산의 큰가치로 예술관의 일관성으로 전통의 현대화, 테라코타와 건칠 제작 과정을 충실한 이해로 돕고자 헌신했다.

'불상 1952.'는 연대위에 꼭 다문 기도올리는 모습, 간결하고 티하나 없는, 한 손을 조용히 들어보이고 섰다.
'동물상' 1950-1970년까지 동물상 제작, 마두를 많이 제작, 말머리 데생에 몰두했다. 인간과 관계깊은 동물을 토기·토우 벽화로 전개했다.

탄탄한 근육질 체형, 아름다운 갈기가 매력적인 동물, 마두 에이(A)는 간결, 아름다운 형태. 마두 비(B)는 얼굴이 길고 곡선이 강조된 부드러운 느낌이다.

'도모상' 연작 : 석고・테라코타・시멘트로 제작. 전체적 구조 중 세부 생략. 단순 제작 형태. 전시장위의 세 동상, 갸름한 얼굴 완전한 입매가 인상적, 콧날끝이 조금 떨어져나간 여인의 얼굴.

2.권진규의 세계

*1922.~1973. 생애에 주요 작품 2백 40여 점을 총망라하다. 평생 불교와 함께 함으로 시기별로 입산 수행 피안으로 나누어 전개함.

1)入山(1947.~1958.).

권진규는 함흥 반룡산과 성천강 일대에서 진흙과 친하게 놀며 자랐다. 춘천 공립 중학교를 마치고 도쿄를 방문, 성북동의 성북 회화 연구소의 수업으로 예술가의 길로, 속리산 '법주사' 미륵 대불 작업 ―일본 무사시노 미술 학교―여러 요소를 통합, 구성을 통한 창조작업―석조에 관심―석조 작품―기사, 마두 등으로 일본 재야 공모전에서 특대를 수상하다. 세속적 삶을 떠나 고독한 미술 세계로 입문하고 인정받았으나 스승의 영향에서 벗어나고자 귀국하다.

2)修行(1959.~1968.).

1959년 귀국 후 아침・밤에 구상과 드로잉, 오전 오후에 작품 제작의 시간이 되고 다양한 독서의 영역을 넓혀갔다. 테라코타로 고대 미술의 원시성을 인간과 관련된 동물을 대상으로 작업했다. 다양한 부조의 제작으로 여성 두상과 흉상을 집중적 제작하다. 여성 모델로 그린 그림은 남성 여성의 구분이 무의미한 얼굴로 영원성을 독자적 여성상을 구현했다. 후 1968년 도쿄 전시된 권진규 조각전의 호평의 결실 맺다.

3)彼岸(1969.~1973.).

일본에서의 인정에도 한국 미술계에서 그의 구상 조각은 주목받기 어려웠다. 여성 흉상 제작과 건칠 제작 기법에 매진하다. 여성 흉상 테라코타 석고틀을 이용해 같은 작품을 건칠로 만들었다. 이 시기에 그는 절에 기거하며 목조 불상 제작에 심취, 비구니 불상 다수 제작. 자신만의 작품 세계 토착화에 성공하고 불교적 세계로 침잠하다. 더불어 윤이상과 종교 음악에 심취하고 서양 미술의 한국화를 강조했다. 1973년 고려 대학교 박물관에 자신의 작품을 소장하기로 한 것 기뻐하고 개막식 다음 날 자신의 아틀리에에서 스스로 숨을 끊었다.

*2022년 권진규 탄생 1백 주년을 기념하는 회고전 '노실의 천사를 감명있게 걸었다(2022. 3.~5.22. '서울 시립 미술관.').
*노실 : 가마, 또는 가마가 있는 아틀리에를 뜻한다.
*건칠 : 우리의 전통 기법으로 삼베를 이용한 거친 질감의 작품, 테라코타 작품 중심의 다수의 건칠 불상 작품 전시하다.

오세열과 김영리의 작품 세계
──미술관 읽기 · 81

오세열과 김영리의 개인전이 '아트 조선 갤러리'에서 동시에 개최되었다. 이번 전시는 회화를 통해 작품 세계를 확장하며 독창적 화법과 오리지널리티를 구축한 두 작가와 작품 본연을 집중 조명하고자 기획했다.

1.오세열의 작품을 보고

캔버스마다 1 · 2 · 3 · 4 · 5……10.으로 가득 채워 숫자 공부 한다
손가락이 아프게 꼭꼭 눌러 쓴 화면, ─참 잘했어요─도장받았네
분주한 숫자위에 작은 꽃다발 꽂혔다
숫자를 지우고 몇 남지않은 숫자들 모아 주위의 공허함,
어린이 그림같은 자유 분방한 순수한 감수성이 숫자들속에서 은유
의 기호들을 떠올린다
- 어릴적 양파 과자, 그맛, 예수 그리스도, -암호같은 기억의 단서
로 덧입힌다
숫자와 떨어져 살 수 없고 감추었던 자아를 만난다

그림이 쉽게 나올 때 시달리며 어렵게, 그결과에 애정이 가고
여러 번 보면 느낌이 다르다 작가의 의도일 수 있다
상처 · 아픔, 내 몸에 상처내는 것, 캔버스 자체가 몸이니까 체징적
으로
가벼운 색이 싫다 거의 검정에 가깝게, 밀도에서 깊이 느낌,

잘못 그려야 그사람의 인간성이 보일 수 있다
기교는 그림에서 중요하지 않다

오세열은 캔버스 위에 두텁게 쌓아올린 물감층을 다양한 재료로
긁어내고 문질러 작업한다 캔버스 위에서 작업에 상처내고 아물기
를 반복하며 깊이있는 색감, 흔적을 바탕으로 생활속 숨은 오브제
에 작가의 숨 불어넣는다

*작품에 제목을 붙이지 않고 관람자들에게 다양한 지유를 부여하고 있다.

2.김영리의 작품을 보고

캔버스에 입체방울이 줄줄이 길게 촘촘히 늘어지고 그심장 부분을
다른 얼굴 똑같은 모양으로 氣를 퍼뜨린다 한색으로 모아 소리없는
함성을 지른다 때로 풀어지고 뭉쳐 빠져나가는 얼굴,

형태와 이미지의 단순화, 추구하는 색 나타난다
반복되는 즐거움 형태의 반복의 연속 - 의미 찾고 - 시간흘러 변화된
감성 그리고 얻어지는 가치관
반복적 이어짐 곡선의 아름다움에 빠짐, 버려지는 것들
하나하나 연결된 더불어사는 삶,
반복적으로 이어지고 하나되어 통일감으로 정리되다
그끝에, 갑자기 질서를 깨고 새로운 결집으로 어우러져 손짓한다
새결집으로 함성지른다 해도 한 테두리안에서 화자의 가치관이
얼굴 내밀고있다

동양화와 서양화의 접점을 찾으려 템페라를 통한 독특한 색감에
매료되어
지금까지 작업으로 이어오고 있다

캔버스에 자연이 들어와 치유받다 도시와 인간의 꿈,
이야기 얻어지다 - 내면으로 가자 -

*화가의 말:'그림만 그리고 싶어요…'
*오세열과 김영리 개인전(2022. 6.23.~7.23. 아트 조선 스페이스).

서양 화가 곽 훈 개인전
──미술관 읽기 · 82 : 선화랑 개관 45주년 기념

1.최신 연작 할라잇(*hallaayt*)
-할라잇=신의 강령, 이누이트 들의 모습이다

'매일 아침 고래 잡으러 붓을 듭니다'
고대인의 고래 사냥하는 이누이트의 모습, 울산의 반구대에 영감
받았다
10년 간 반구대의 암각화에 많은 시간 에너지를 쏟다

할라잇의 연작은 프랑스 독일 등 유럽에서 인기를 얻다
캔버스에 회색과 흰색, 검은 색이 뒤엉켜 뭉치고 흐르기도 한다
망망 대해 작은 어선 눈앞의 큰기둥·큰집채, 고래 만나다 절벽
이다
배를 밀어 큰물체에서 벗어나려 노를 세우고 한 곳 쳐다본다

곽 훈이 여든에 떠난 고래사냥, 미국에서 작품 활동 하면서 한국
화랑과 연결은
처음, 한국 화랑이 해외 아뜰리에에 나온 일이 처음이다
45주년 주인공인 그는 가장 많은 에너지 쏟아 열정을 다한 사람
이다

해변가의 고래뼈, 반구대 암각화의 고래와 고래잡이

미지의 세계 만난 순간 희망 염원=<주문>

화가는 신이 인간을 위해 고래를 주는 것이라 상상하다

고래는 사냥 대상 아니다 숭배의 대상이다

목숨걸고 잡은 고래로 그겨울 보낸다

화가의 말에서 우리가 새겨야 할 일

> *'매일 고래 잡으러 붓을 듭니다.'
> '고래를 그리기 4년 싫증도 나는데 박수치니 그만둘 수 없어'
> '내 최고 작품 아직 안나왔습니다.'
> '화가는 똑같은 것만 하면 도퇴 돼!'
> '계속 변신하겠다, 기대하시라.'
> #매일 붓을 잡고 아직 최고 작품 쓰지 못했다, 새로운 변신이 있어야 한다
> 는 말에, 글쓰는 사람으로서 긴장해야할 것이라 다짐하는 마음이 든다.

2.1990년대 劫, kalpa

'劫' 연작 : 엄숙하고 심오한 작품 세계, 시공간 이미지-명상적 동양
철학적 정신, 캔버스에 광물성 색채-나이프로 긁어내며 색들이 겹겹
이 쌓인다. 오랜 세월 닳고 빛바랜 것, 오랜 시련과 시간에 바랜듯
분위기 형성, 색채는 덧칠되고 깎이고 스며들고 뭉개지며 생동한다

3.1980년대 氣, chi

서양에서 독자적이라는 창조 과학에서 동양 철학의 탐색, 발현 피
할 수 없다. 동양 예술의 성립 요소 예술화 바람·물결·빛·공기의
자연적 요소에 눈에 보이지않는 유동성과 변화, 이미지의 상관 관계
에 자연이 밀접히 연루되어있는 성질,

그의 붓터치는 다양한 힘과 놀다.

우주 공간에서 진동하는 방향성 기의 움직임 상식

앞의 주제보다 생동적 색채가 활발하다 한 빛 색으로 배경에

138

다양한 색채들의 부딪침, 순하게 받아들이는 깊은 언어여!

*곽 훈 화가는 한국적 정서와 문화를 화폭에 녹여내 표현 주의적 추상화로 과거
와 현재를 연결시킨 주제와 화풍의 연결고리를 살펴볼 수 있다. –'조선 일보.'
*지난 해(2021.) 이중섭 미술상을 받았다. 그의 작품은 비매로 일부 남겨둘 것이
라 한다.
*2022. 7.16. 인사동 '선화랑' 전시.

통일 플랫폼 도라산역에서

2017년 5월 경의선이 뚫리는 날. 도라산 역, 유라시안 철도의 시발점 통일 플랫폼에서 우리는 세계로 도약하는 우리 민족의 힘찬 팡파르를 울릴 것이다.

서울역 평화 열차 디엠지 트레인(*DMZ train*)에 올랐다. 우선 안보 관광 매표소 제출용의 도라산역 출입 신청서를 각자 작성했다. 이름과 국적, 휴대 번호를 적고 신청인 서명을 마쳤다. 유의 사항이 적힌 카드를 목에 걸고 운천을 지나 임진강 강변을 달렸다. 하늘은 높아서, 녹음은 젊음을 마음껏 자랑한다. 깊이로 폭넓음으로.

임진강역에 일단 하차 후 엠피(*MP*)들의 경호를 지나 주민증과 출입증을 확인하고 다시 승차한다. 끊어진 철교를 옆으로 하며 긴철조망과 강건너 유엔 군 묘지와 각국의 국기가 줄지어 이어지는 광경은 이미 1시간 전의 생활권이 아닌 다른 세상에 들어왔음을 알린다.

도라산역 하차. 그리고 평화 공원에서 맑은 공기를 마신다. 이곳은 작전 구역이었으며, 피아에 치열했던 도라산 전투는 유엔(*UN*)의 승리로 아군이 접수한다. 그너머에 휴전선이 있고, 개성이 지척에 위치하는 격전지였음을 오늘 2017년 5월은 기억한다.

이잠잠함속의 함성과 피흘림. '도라 전망대'의 3분의 브리핑이 짧다. 망

원경으로 봐야하는 개성, 개성 공단, 그리고 민둥산과 그곳에서 숨쉬고 있을 우리들 피붙이들, 어제의 강풍이 쓸어간 먼지와 메마름이 오늘, 상쾌하고 부드러운 바람결로 속삭인다. 북쪽이 진정 우리에게 들려주고싶은 이야기는 어떤 목소리일까.

고라니, 산양들 야생화의 천국인 디엠지(*DMZ*), 우리도 평화 공간에서 진정으로 나누는 이야기로 세계 평화의 완성을 그려본다.

천안함 피격·연평 해전, 그리고 곳곳에서 일어나는 불꽃속에 사는 우리들. 디엠지(*DMZ*) 관광지에서 도라산역 개성 공단가는 길을 보며 뉴스에 클로즈업된 우리 대통령이 경계선을 넘는 모습을 떠올린다.

도라 전망대를 관망하는 코큰 외국 관광객이 군데군데 무리지어 다니는 모습. 평소의 느슨한 현실 인식을 새롭게 한다.

(절망이다가 의욕을 피워 올리다가 편가르기로 헐뜯다가 세계속의 대한 민국의 위상을 위해 열심히 일하고 새로운 도약을 위해 매일 점검하며 우리의 실력을 쌓아가야 할 것으로 생각하며 산하를 새롭게 둘러본다. 아울러 역사의 현장에서 절망을 딛고 새로운 희망의 탄생을 염원한다.)

도라산 전망대를 돌아 제3땅굴로 향한다. 땅굴에 다가가면서 대부분의 마음은 땅속까지 침투한 그적의와 파고내려오는 과정의 상황을 그려보며 전율한다. 인간의 한없는 욕망과 적개심은 그끝을 알 수 없게 한다. 햇빛도 없는 굴속에서 제대로 먹지도 못하면서 굴을 파고내려오는 그들은 지금도 어디에, 어디까지 뻗쳐오고있는지…. 경계를 늦추어서는 안된다는 생각이 퍼뜩 든다..

헬멧을 쓰고 모노레일로 땅굴 중간쯤까지 가고 그안쪽은 허리를 구부정하게 걸어들어갔다. 지금은 우리도 다닐 수 있게 했지만, 전기 설비나 길을 깔아 놓은 모든 작업을 한 손길을 생각하는 길, 다리가 후들거리기도 했다.

길은 땅위에서, 땅속에서, 하늘에서, 새로이 만들어지고, 다듬고, 지켜지고 있다. 서울역에서 철길을 따라 임진강을 지나고 도라산까지 왔다. 계획에 따라 그어진 線에서 벗어날 수는 없다. 판문점을 돌아나가는 군사 분계선을 기준으로 남북으로 각각 2킬로미터 밖에서 생활한다. 우리는 남방 한계선을 따라 선을 지키며 산다. 장단 반도 독수리 월동지의 독수리들은 선을 지키지않고 자유롭게 날아다닌다. 비무장 지대 동물들도 선을 모르고산다. 야생화의 꽃씨들도 자유롭게 꽃피운다.

땅굴의 습기를 씻어내고있는데, 그날 저녁 뉴스는 새대통령 취임 4일만에 북한이 중장거리 탄도 미사일을 고도 2백 킬로미터까지 쏘아올렸다고 전한다.

미 갈빈슨 항공 모함이 동해에 있는 상황에서다. 국가 안전 보장 회의에서 대통령은 한국형 미사일 방어(*KAMD*) 개발 속도를 높이라고 지시하고있다. 우리는 명백한 도발이라고 경고하고있다. 선을 지키지않는 만행에 우리의 방심이 1초라도 있어서는 안된다.

(세계속의 대한 민국의 위상을 위해 열심히 일하고, 새로운 도약을 위해 매일 점검하고, 우리의 실력을 쌓아가야 할 것을 생각하며 산하를 새롭게 둘러본다. 아울러 역사의 현장에서 절망을 딛고 새로운 희망의 탄생을 염원한다.) 경의선이 뚫리는 그날, 통일 플랫폼에서 유라시아 철도 출발의 기적소리를 기도한다.

——2017.5.29. 한국 '*NGO*' 신문.

'할 수 있다!' 그유쾌한 肯定

각본도 주연 배우도 따로 정해지지않고도 장면마다 버라이어티한 우리 삶의 현장.

대중 교통으로 지하철을 주로 이용하면서 출입문쪽의 경로석에 앉아 다양한 드라머를 보고 역할을 맡아 할 때도 있다. 묻지도 않은 말들이 오간다. '어디까지 가세요, 몇 살이세요, 어디 사세요, 자식들 반찬 좀 해다주려고요, 에~ 그자식들 다 소용없어요, 그래도 또 해다 주려고요, 영감님은요, 벌써 가버렸지요. 고생 많았겠어요, 말할 수도 없지요.'

전동 열차는 덜컹이며 몇 개의 역을 지난다. '세상 좋아져서 오래 사셔야죠, 그러게요, 좋은 세상 두고 가기 아까워요.' 옆자리의 두 여인은 10년지기가 다된 듯 편안하기까지하다. '이제 내려유, 잘 가슈.'

동대문역에서 사람들이 휑하니 내렸다. 앞자리 세 자리가 비었고, 한 남자가 앉고 그 맞은편에 무심히 그빈자리를 보고있는 단역 배우. 부시럭대며 가방에서 사탕을 꺼내건넨다. 고맙다며 받는 여인의 번쩍이는 장신구가 부담스럽게 보인다. '늙으니 목이 말라서 이런 걸 넣고 다니네요.' 사탕으로 오가는 정. 싹트는 인정이다.

전동차가 덜커덩 정차하고 옆칸에서 두 사람이 허둥대며 건너오더니 빈자리를 보고 환호성을 지르며 앉는다. 안도와 횡재를 만난 듯 통쾌한 웃

146

음으로 행복해 한다. 잠깐사이, 사탕을 먹던 여인이 불쑥 한마디 한다. '그 자리 내가 맡아논거유' 좀 전까지 좋아라 하던 여인이 멈칫한다. 그리고 주변 공기가 주춤거렸다. '아! 고맙습니다.' 환호하던 여인의 대답.

파이팅이다. 그자리를 맡아놨다니. 그말을 시답잖게 받아 빈정거리기라 도 했다면 어찌 되었을까. 그여인의 여유가 멋있다. 마음속에서 작은 울림 이 온몸을 휘돈다. 이 '유쾌한 긍정'에 박수를 보낸다. 자리를 맡아두었다 는 사람이나 고맙다는 사람이나 전혀 부담없이 전철 안의 공기를 살아나 게 했다.

'대한 민국이 파이팅'이다. 웃음 바이러스로, 행복 바이러스로 유쾌하게, 긍정적으로 주고받는 모습이 아름답다. 지치고말없이 가고오는 이들이지 만 오늘의 대한 민국의 저력이 아니겠는가. 내가 자리를 맡아두었다는 이 와 그것을 기쁘게 받아넘기는 사람이 사는 대한 민국이 멋지다. 이여유와 재치가 우리 생활에서 늘어지고비뚤어지고 꼬인 이곳저곳에서 받아안고 유쾌한 긍정으로 손맞잡고 따뜻함으로 모두 함께 누리며 살아가야겠다.

복더위가 짜증나고 견디기 어려워도 '리우'에서 전해오는 올림픽 소식은 우리를 살아나게 한다. 특히 '할 수 있다'는 긍정의 힘으로 한 게임 한 게 임 딛고 올라서는 모습은 얼마나 아름다운가.

긍정의 힘은 기적을 낳는다. 엄마 力士 윤진희의 바벨은 두 아이에게 긍 정의 힘을 보여주었다. 긍정의 힘은 한국 여자 궁사의 화살을 타고 세계를 다시 한번 놀라게 했다. 그들이 단체 금 메달을 땄다는 사실에 앞서 그들이 연습할 때나 시합 때에 늘 마음속으로 스스로를 격려하고 자신감을 불러일 으키는 주문들이 있었다. 각자 마음에 품고다니는 말을 부적처럼 몸에 달고 다닌다고 한다.

기본적인 마음가짐이나 행동(루틴:Routine)을 잊지않으려고 스스로 노력 하며 자신감을, 안정감을 잃지않으려 최선을 다했다. 그긍정의 힘으로 4강 에서 3점을 쏘고도 최후에 웃음으로써 '장긍정'이라는 별명을 얻은 장혜진 선수. 그의 앞에 절망은 꼬리를 감추었다.

한국 양궁은 대표 선발전에서부터 선의의 경쟁은 있어도 파벌은 있을 수 없다는 정신이 이뤄낸 여궁사들의 우승은 행복한 대한 민국의 힘이 되었다.

'난 할 수 있다'를 곱씹으며 보여준 한국 펜싱 에페에서 우승한 박상영 선수. 47초의 기적으로 '20세의 막내가 막고찌르고 날아가 상대를 무력하게 하다. 그 기쁨의 포효는 선수 본인보다 우리 모두의 환호되고 대한 민국을 외치다.'

'긍정의 힘'은 화합이며 사랑이며 새힘이 되어 우리를 뭉치게 하는 동력이다. 긍정의 힘으로 서로 안아주고 사랑의 눈으로 세상 바라보는 '긍정'을 다시 외친다.

——2016.8.22. 한국 'NGO' 신문.

'시속 두꺼비 킬로미터'로 느리게 살기 운동

살아있는 모든 동물은 움직인다. 쉼없이 움직이는 동물, 죽은 듯하다가 겨우 몇 번 움직이고 다시 모른 척 있거나 애써 움직이려 발버둥치는 등, 즉 움직임은 살아있음의 표시다. .

인간은 많이 움직이고 빨리 움직임으로 능력과 힘을 나타내고 그것으로 경쟁하기도 하며 나아가 경쟁을 즐기기도 한다. 고대 올림픽 벽화에도 근육질의 남성이 달리는 모습이 새겨져있다. 오늘날에는 육상 경기에서 다양한 종목으로 경기 능력을 과시한다. 그중 단거리 종목의 1백 미터 달리기는 경기장 관중의 침을 말리는 긴장과 환호에 싸여 열광한다. 미국의 칼 루이스나 마이클 존스는 어린이들까지 알고있다.

모든 기록은 깨어지기 위해있다고 했던가. 2016년 리우 올림픽에서 자메이카의 서른 살 우샤인 볼트는 1백 미터를 9초 69로 뚫어 '인간 탄환'이라 불리게 되었다. 참으로 숨이 막혀 몸이 얼어붙을 지경이다. 트리플-트리플(3개 대회 연속 3관왕)이 현실이 되었다. 그의 단단한 근육과 멋진 세리머니를 아직도 생각한다. 생각해 보면 1백 미터를 10초도 안되어 뛰다니. 그러니까 10미터를 뛰는데 1초도 걸리지 않다니⋯. 인간을 신이라고는 못하나 인간의 무한한 능력에 찬탄할 뿐이다.

살아있는 인간으로서의 움직임과 속도는 그상황에 따라 척도가 다를 것이다. 차근차근 누가 뭐래도 자기 능력에 따라 서두르지않는 사람의 속도, 숨 쉴 새도 없이 밤낮 가리지않고 돌진하여 병이 나도 멈추지 못하는 사람, 그 속도에 주위 사람이 힘들어지거나 피해를 입는 경우는 문제가 되겠다. 그럴 때 속도 조절이 필요한 것이다. 물론 경기로서의 속도와 일반적 속도는 다르겠다. 그러면 우린 저마다 어떤 상황에 얼마의 속도가 적정 속도일까?

얼마 전 시집을 읽다가 '시속 두꺼비 킬로미터'(김규화 시집 '사막의 말' 중 '말·8'에서 인용함)라는 말에서 잠시 숨을 멈췄다. 두꺼비의 시속은 얼마일까.

며칠을 두꺼비를 생각하며 두꺼비 킬로미터로 이어지는 고리는 무엇인지를 고민하게 되었다. 두꺼비는 개구리보다 몸집이 훨씬 크지, 좀 징그럽지, 개구리 같이 울지도 못하지, 그울음주머니는 없지만 수컷이 암컷을 부를 때에는 목에서 소리를 낸다지….

도시화로 인해 생태계의 지도를 통한 두꺼비의 삶은 로드 킬을 줄이기 위해 양재천에 생태 터널을 만들어 보호하기도 하는 반면 도시 개발로 건천이 없어지는 상황이라 무논에서의 산란이 힘들어지고 양어장에서 부화시킨 일도 보고되었다.

두꺼비의 삶의 속도는 어떻게 측정할지. 그생김새는 개구리보다 훨씬 크고두껍고 등전체가 툭툭 불거진 두꺼운 피부로 되었으며 독을 뿜어 몸을 지킨다. 양서류 중 가장 큰동물로 산간 계곡에 서식하며 10~12센티미터의 큰눈에 큰입, 알길이는 10미터의 주머니에 2천 5백 내지 8천 개의 알이 부화하는 데는 2주가 걸린다. 부화 후 1~2개월 후 성체가 된다. 두꺼비의 올챙이는 힘이 약하고, 그색이 검은 빛이어서 포식자에게 쉽게 잡아먹힌다. 움직이는 속도가 느려서 뱀이나 새에게도 잘 잡혀먹는다. 어슬렁어슬렁거리는 속도로 방어 수단은 제몸을 팽창시켜 보이는 것이다. 그속도로 반드시 움직이는 것만 잡아먹는단다. 두꺼비는 제속도로 산다. 피부에서 나오는 독소와 제 몸 부풀리는 경고의 동작으로 자기를 지키면서, 어찌 보면 남을 속이거나 비굴하지않아 보인다.

사람은 사람의 속도로, 두꺼비는 두꺼비의 속도로 살아야 한다. 어린아기는 아기의 속도로, 어른은 어른의 속도로, 운동 선수는 그들의 속도로, 어머니는 어머니의 속도로, 덤비지않는 진지함으로 살고 그속도를 즐겨야 한다. 현재를 살며 신라 시대의 속도나 1세기기 이후의 삶을 끌어다 살 수는 없다. '바늘허리 매어 못쓴다.' '우물가에서 숭늉 달란다.'는 옛말들이 모두 삶의 속도를 경고하는 말이다.

두꺼비는 무논을 벗어나 알을 낳거나 산간 계류를 벗어나서는 살지 못한다. 부화 기간이나 성체가 되는 기간을 뛰어넘어서는 살지 못하는 두꺼비의 삶의 속도, 즉 시속 두꺼비 킬로미터로 살아가야 한다.

시속 두꺼비 킬로미터를 생각하다가 시속 인간 킬로미터를 고민하면서 근자에 활발한 슬로우시티(*slow city*) 운동과 느리게 살기운동(*slow movement*)을 접하면서 살아있는 모든 생명체는 스스로 삶의 속도를 찾아가고 있음을 알게 된다.

상업화와 도시화에서 존중받는 태도를 대변하는 패스트푸드. 숨쉬기도 어려울 정도의 속도에서 지치고 병들어가는 현대인은 문명의 속박에서 인간적 삶을 추구하는 속도를 찾고있는 것이다.

인간적인 속도를 되찾자는 느림의 철학(미학)이 주목받고 자연적 삶을 따라 우리나라 각 지자체들의 슬로우시티 사업에 주목하고 새롭게 움직이고있음이 고맙다.

한 예로 휴양지를 중심으로 마을의 신선 식품을 지역 주민으로 하여금 소상공인 기업의 대를 잇는 슬로우푸드 사업으로 정착시키고, 느리게 살기 운동으로 발전시키며 자연과 함께 살아가는 방법을 여러 분야에서 찾아가고있다.

자연적이라는 말은 자연을 거스르지않음을 뜻한다. 자연스러운 속도속에서 삶의 속도를 되찾아 즐기며 우리 함께 진정으로 행복해지길 원한다.

————2017.2.6. '한국 *NGO* 신문.

고난을 건너 그산에 함께 오르는 힘

차가운 눈밭에서 고독한 마음은 햇빛으로 눈부시고 햇볕의 따스함에 위로를 받는다. 백설위에 마음이 풀어놓은 그얼굴은 어떤 모습일까.

저마다 내적 얼굴은 내보이기 주저하게 된다. 자기를 감싸는 방법이 아주 태연하고, 당당할 수 있고, 작은 일에도 불안으로 전전 긍긍하기도 한다. 그상대가 가까운 친구일 수도 있고 주변, 사회적 상황이 될 수도 있다. 우리는 내 마음을 어떤 모양으로 펴내보이며 어우러져야 서로를 제대로 이해하게 될지. 서로의 이해에 따라 햇빛으로 또 햇볕으로 그역할을 다해가며 이해하고 이해시키는 소통의 관계는 가장 중요한 출발점이며 그마침표일 수도 있다. 요즈음의 여러 복잡하고고통스러운 상황도 소통이라는 기본적 문제에서 그원인을 찾을 수 있지않을까.

길은 어디에나 있고 그 모양도 정해진 것 없는 시험 문제같다. 지금까지 여러 선현들이 가야할 길을 애써 제시하고 몸으로 말하기도 했다. 그러나 사람은 말을 듣지않는 어린이같이 어긋난 삶을 살며 성공적인 결과만 기대하지는 않았는지. 편리한 기기속에서 정보의 홍수속에서 미처 숙지하지도 못하고 새로운 정보를 받아들여야 하니, 지치고 포기하는 상황에 빠지기도 한다. 장수 시대에 불균형의 인구 분포와 고난에 대처하는 힘이 미약한 현세대의 앞날이 심히 염려되는 것은 노파심이라고만 말할 수 있을지.

　이세상의 모습은 애써 노력해 선한 삶으로 희망을 주기도 하고 용서할 수 없는 죄와 불의를 저질러 절망에 빠지게하기도 한다. 그와중에 살면서 반짝이는 햇빛같은 주변 이야기를 접하면 햇볕의 따뜻한 희망을 안아볼 수 있다.

　아침 종편 방송에서 감격과 설레임으로 가슴이 벅차오르는 희망의 메시지를 보며 더불어 기쁨을 터뜨리고있다.

　어떤 서민 갑부의 이야기다. 주물 공장을 운영하는 사장님은 '머슴'이라 자칭하며 어려운 주물일로 성공 스토리를 써가고있다. 그머슴사장은 새벽 누구보다 먼저 공장문을 열고, 청소하고 불밝히면 그직원들도 애써 일찍 출근해 1밀리미터의 오차도 허용않는 장인 정신으로 작업한다. 쇠를 끓이는 열기로 고구마를 구워 함께 나누고 때때로 마음이 담긴 선물과 정으로 하나로 어우러지고있다.

　무엇보다 중요한 것은 50대의 사장님은 60~80이 된 어르신까지 기술인으로 존중하고 상생하는 경영을 하고있다. 정년이 끝나 일을 떠난 기술자들을 삼고 초려로 모시고 그분들은 평생 닦아온 기술을 다시 살려 일하는 기쁨과 활력이 넘친다. 사실 힘들고 기름때 묻히는 일을, 힘이 드는 일이라 기피하면서 일자리는 없다고 불평하는 청년 시대. 나이가 많다고 일을 하지 못하는 , 그것이 청년들이 책임져야 하는 부양의 무게를 더하는 문제로 돌아오는 악순환으로 가고 사회 실업 대책은 해결의 고리를 찾지 못하고있는 현실이다. 머슴사장님은 잰걸음으로 잠시도 쉬지않고 내가 서있는 곳에서 스스로 머슴으로 살겠다는 각오다.

　그는 전문 분야를 끝없이 개발하고 자기 전문이 아닌 주문일 때는 다른 사업장에 넘겨주는 아량과 열린 정신과 긍정의 자세로 나아간다. 어려웠던 유년 시절을 잊지않고, 끈질기고 자기를 낮추는 대인 관계로 소박하고 정겹고 주위를 두루 살피는 경영인이다. 그의 자신감과 건강한 모습으로 우뚝 선 모습은 답답한 일상에서 오아시스를 만난 듯 시원하다. 더구나 성공의 공을 아내에게 돌리는 인간적 여유에서 또 한 번 박수를 보낸다.

그의 열심히 일하는 모습과 정년이 지난 기술자들을 재고용함으로 노동 시장의 활력을 찾게 한다. 선현들의 훌륭한 가르침보다 실제로 보여주는 참 삶의 모습이 아름답다. 실의에 빠진 청년들에게 주는 그의 성공 스토리가 우뚝해 보인다.

한 알의 밀알이 떨어져서 썩으면 다음 세대를 위한 결실을 맺는다. 작은 생각으로 적게 뿌리면 적게 얻고…. 맞는 말이다. 그다음에 많이 뿌리면 많은 수확에만 감사해야 할까. 다시 생각해 보면 '많은 수확은 많은 나눔을 가능케 한다.'고 하는 아량과 사랑은 진정 삶의 환희와 설레임으로 안겨온다.

힘들고 고통스럽고 희망을 말하기 어려운 시대에 머슴 김사장의 이야기는 하루를 시작하는 이아침에 함께 오르는 험한 산도 충분히 오를 새힘으로 솟는다.

<컬 럼>
'사이'와 '거리'로 접근해 생각하기

명화를 보면 가로수가 늘어서있는 길이 지평선 상의 한 점으로 사라지는 시각 현상과 같이 모든 직선이 소실점으로 갈수록 작아지고 건물도 멀어질 수록 작아져 한 점으로 모이는 것을 느끼게 된다.

가까운 물체가 멀리있는 물체를 가려주어 그림으로 살리는 원근법은 멀고 가까움을 투시 화법으로 보여준다. 그림속 가로수길을 따라 그림속으로 빨려들어가는 느낌이 그렇다.

근자에 미술 작품의 진위와 그사이는 화가·화상·관객(구매자)의 거리 문제로 온국민이 미술 전문가의 식견으로 한 마디씩 하며 진짜의 판정을 내리기 어렵게 되었다. 그틈에 대중은 단편적이나 미술의 여러 분야, 작가의 작업상 고통과 미술계의 어떤 부분까지 알게되어 저변 확대의 효과도 얻게 되었다.

흔히 사이가 '좋다' '나쁘다'라고 말한다. 그사이가 '멀다, 가깝다.'고도 한다. 사이가 끊어지기도 하고 사이를 이어주려고 애쓰기도 한다. 사이는 달리 보면 관계가 아닌가 생각한다.

나이테의 간격(거리)은 무엇을 말하는가. 나이테의 간격은 지독한 추위와 싸우다가 촘촘하고 느린 성장으로 간격이 좁아지고 날씨가 따뜻하고좋으면 간격이 넓어진다. 나이테의 거리의 문제는 우리 인생을 보는 듯하다.

사이는 틈이 벌어질수록 폭이 늘어난다. 그래서 틈이 없이 바쁜 사람이 생기면 여유가 생겼다고 말한다.

여유는 원만함과 부드러움을 받아들이며 충족해 보인다. 빈틈없이 완벽함을 칭찬하기도 하지만 틈이 많아지면서 여유로워져 어느 편 손을 들어줘야할지 생각할 때도 '사이'의 단순하지않은 의미를 확인할 수도 있다. 종일 옆에 있어도 존재를 인정받지 못한다면 그는 투명 인간일까.

얼마 전 장마철 한산한 전동차안에 경로석 3인석 가운데 자리가 비어 그자리에 앉았다. 양 옆에 남자와 여자가 앉아 있었다. 여자는 휴대 폰으로 여기저기 통화하며 긴우산을 만지작거렸다. 가운데에 앉아 어정쩡한 자세로 곁눈질하며 바라보았다. 차가 한강을 넘으면서 왼쪽의 여자가 나를 거쳐 오른쪽 남자에게 아무런 말없이 지팡이를 건네준다. 여자가 일어나고 이어서 남자도 지팡이를 짚고 여자의 뒤를 따라 하차한다.

그들은 부부사이였다. 가운데에 앉아서 그상황이 너무 황당했다. 어찌 부부사이인데 그리도 남과 같은가. 반면 아무 기척도 보내지않고도 척척 행동을 맞출 수 있는지. 말없이도 아주 자연스러운 사이, 그런 부부를 보면서 믿음과 신뢰가 바탕에 깔리면 거리와 관계없이 가장 자연스럽고 편안한 사이가 됨을 느낀다. 사람들은 사이사이에서 틈이 작용할 때 넓혀가며 또는 좁혀가며 사이를 시간으로 그의미를 규정짓기도 한다.

요즘 정치계의 복잡다단한 일이 끊이지않고 우리를 혼란에 빠뜨린다. 대통령과 오찬에서 나눈 대화의 내용이 중요하겠지만, 함께 주고받은 시간이 문제되는 요즘. 시간과 거리로 새로운 각도에서 의미를 더해가는 상황. 나누는 손길 온도도 중요한 요소가 되어야 한다. 악수하며 나눈 시간이 35초냐, 50초냐가 어떤 문제로 차이질까.

티뷔(TV)에선 며칠 전부터 예측하는 시간을 갖고 다음에 분석과 의미를 정의내리고 예측과 전망까지 내리는 분석의 장을 펼치고있다. 여럿의 의견을 내놓아 중의를 모아가는 과정도 점점 복잡해지기만 하고, 하루도 문제가 없는 날이 없을 정도다.

여론이라는 여럿의 문제에 깊이 빠지거나, 조용히 살고자 서로 멀어진다면 간단치않은 사이와 거리 문제에 부딪히고 살아온 만큼의 여유로 이해하며 길을 찾아야할 것이다. 관계를 맺은 모든 살아있음과 정지된 사물과의 거리를 생각하며 내가 서있는 점과 상대적인 거리와의 관계를 절대 가볍지않은 오늘의 의미로 이루어가야 한다.

7월, 무성한 초록의 메시지를 새로운 눈으로 마주하고, 깊은 이야기를 듣고 나무와 열매의 산길에서 마주친 청설모와 따뜻한 눈으로 잊었던 이야기를 찾아내야 한다.

세월이 지나감을 아까워 시간을 계산하기보다 다가오는 세월의 거리를 여유로운 기다림으로 접근하면 어떨까. 사이와 거리를 유지함으로 한편으로 충돌을 피하고 관계 유지를 꾀할 수 있음을 새삼 느꼈다면 괜찮은 대응 방법이지않을까.

——2016.7.16. 한국 '*NGO*' 신문.

투명한 세상 엿보기

세상은 나날이 발전해서 편리하다, 풍성한 주변을 돌아보면 속만 좋으면 백 세 아니라 그이상도 살 것같은 요즈음이다. 시장에 쌓여있는 물건들, 마음만 먹으면 어디든 데려다주는 전동차와 버스, 가는 곳마다 '고객님' 하는 친절한 판매원들. 단추만 누르면 무엇이든지 답해주는 손안의 기계, 남의 얘기도 힘들이지않고 세세히 알게되는 재미난 세상이다. 티뷔(TV)는 24시간 어떤 일의 움직임·진상 파악·사실의 전달·해석 그리고 결과와 영향까지 그 배경과 당위성까지 종일 반복과 확인을 거쳐 주입시키고있다. 각계 각층의 사람 살아가는 얘기는 드라머를 볼 필요도 없게 한다.

단추만 누르면 다 아는 세상인데 무슨 비밀이 있겠는가. 꼭꼭 싸맸던 일도 어느새 아무일 없었던 것처럼 그땐 그랬었다고 소위 백일하에 드러낸다.

어떤 이의 회고록을 보면 '사실이다.' '아니다.'때문에 시끄럽다. 기억과 기록의 대결장처럼 흥분해서 떠든다. 무엇을 결정할 때 먼저 '물어보았다', '아니다'라고 하는 상황자체가 이해하기 어렵다한다. 아주 중요한 일은 오랫동안 그그림까지 기억나지않겠는가. 더구나 중요한 위치에서 어려운 일을 결정해야 하는 사람은 더욱 기억이 환해야 하지않을까. 하고싶은 말만

하고 인터뷰도 묵살하는 용감한 정치인. 강성 발언만이 정치 생명인 정치인. 오래보고 듣다보니 어떤 일이 터지고 그에 대한 견해를 들어보지않아도 이제 알 수 있다. 에이(A)당은 푸르다 하고 비(B)당은 하얗다 하리라. 예견할 수 있다. 수준이 높아진 우리 국민들을 우습게 보아서는 안된다. '모로 가도 서울만 가면 된다.'고 하면서 살아온 것은 아닐 텐데, 매일 티뷔(TV)로 교육받고있음을 인식해야 할 것이다. 적어도 남들은 나보다 모두 현명하다고, 모두 현명하다고 겸손히 행동해야 하지않을까.

참으로 이해되지않는 일은 작금에 대한 민국을 흔들고있는 사태를 보면 그렇다. 더이상 똑똑한 사람이 없을 정도로 최고의 지성들이 해온 일들이 부족하고 둔한 일개 소시민이 생각하기에도 도저히 이해할 수 없게 됐다. '사람답게 살라.' '본 데가 있어 그른 일은 하지않는다.'는 말들을 들어왔고, 또 하며 살아왔다. 품성이니 품격이니 하면서 사람을 평하기도 한다. 돈이 산처럼 많다해도 개인적으로 재량껏 쓴다해서 탓할 사람은 없다. 그러나 내가 필요해서 쓰는 돈이 내것이 아닌 남의 것, 나아가 나라 것인데도 아무 거리낌없이 쓴다면 무어라 말해야 할까.

신문 기사에, 인성 교육을 위해 의대생들에게 합창을 전공 필수로 한다는 기사를 봤다. 공부 지상 주의, 이기 주의에 묻히게 된 의료진에게 의료인으로서의 자세를 굳게 세워주기 위해서라는 것이다. 환영한다. 품격이라는 말을 생각하게 된다.

그리고 얼마 전 경부 고속 도로에서 관광 버스 사고가 났다. 그때 강원도의 묵호고의 소현섭 선생은 화재 사고 부상자 4명을 구해 병원으로 데려다 주어 살려냈다. 힘든 일에서 피한 것이 아니라 위험을 무릅쓰고 사람을 살려낸 소 선생은 윤리 교사 이전에 인간으로서의 품격을 갖춘 의인인 것이다. 말없이 의를 행한 의인이 있어 우리들이 살아가는 것이다. 품격도 품격나름이라는 생각이 든다. 요즘 티뷔(TV) 화면에서 유유히 말을 타는 특정인의 장면을 보면 왠지도 모르게 갑자기 몸이 굳어진다. 개인의 취미를 위해, 건강을 위해, 화려한 영광을 위한 행위가 아닌 그 무엇을 위한 모습일까. 명마에 말과 사람을 아끼는 이가 고삐를 제대로 잡아야 아름다운 마장술이 되지않겠는가. 앞으로 말을 보고 이상한 그림을 떠올리지않을런지. 건강한 말을 보고 부정 입학을 생각해야 하니. 우울한 일이다.

기구는 쓰는 사람에따라 그가치가 달라진다. 상식이 진리가 아닐까. 사람이라면 기본 질서를 지켜야 한다는 철칙이 우선되어야 한다. 원숭이도 사람처럼 돌도끼를 만들어 쓴다는데, 사람으로서 오만해서야 되겠는가. 아무리 이해 불능의 일들이 어지럽혀도 21세기를 살아가는 대한 민국의 개개인은 더욱 바른 길을 걸어가야 한다.

지하철에서도 봄(春)을 봄(見)

봄은 누구나 간절히 기다리는 계절이다. 목이 길어지며 情人을 기다리는 열정은 진달래 꽃잎의 떨림보다 깊다.

움츠리고 굳어지는 몸을 부드럽게 풀어주고싶은 마음, 모두 숨죽이며 기지개를 펴 근육을 풀고싶을 때 시침떼고 봄은 자연속 여기저기서 심호흡을 시작한다. 시키지않아도 제할일 해내는 산과 들, 검불이 엉겨 푸시시하던 마른 대지에 봄은 살짝 숨을 모아쉬는 듯하다가 잠잠해진다. 기다림에 지치고 조바심일 때 여기저기서 끝이 부드러워지고동그래지면서 봄바람이 들고일어난다.

푸르르한 입김을 내쉬며 노란개나리를 덩이덩이 늘어뜨리고 산기슭 햇빛 스미는 응달에 진달래는 그숨결 살짝 모아쉬며 온산을 부끄러움으로 물들인다. 어느날 나무끝에서, 들풀속에서 바람이 부풀어 툭툭, 탁탁 터지며 연한 풀빛으로 눈이 시린 복사꽃빛으로 흐르며 터지고있다. 이젠 말릴 수 없다. 봄을 눈으로 가슴으로 느끼며본다. 더 이상 숨길 수 없는 봄이 눈앞에 펼쳐진다.

봄에 데인 마음 안고 지하철을 탔다. 가벼워진 옷들과 봄바람에 잡힌 얼굴들이 조금씩 들떠간다. 문옆 경로석에 앉아 환승역에서 밀리고밀리는 승객들을 본다. 봄바람이 새공기로 밀려왔다. 앞에 창백한 여인이 와섰다. 순간 30분을 더 가야하는 상황과 자리 양보를 해야한다는 갈등뒤 2,3초 후에야 일어났다. 그여인의 어깨를 살짝 잡고 자리를 양보했다. 의아해하는 여인에게 너무 힘이 들어보여서라 했고, 여인은 순순히 자리에 앉았다. 여인은 흰피부에 눈썹이 짙은 얼굴을 마스크로 가리고있었다. 잠시 주위를 돌아보고는 고마운 표정을 짓고난 후 눈을 감은 채 그냥 흔들리면서 간다. 몇 정거장을 지나자 옆자리가 비게 되어 여인의 옆자리에 가서앉았다. 여인은 다시 고마워하며 자리를 양보받은 일에 새삼 인사를 한다. 안좋아 보이는데, 얼마나 아프냐는 질문에 췌장암이라 대답한다. 가슴이 순간 무거워진다.

'아산 병원'에서 치료하는 데 몸이 허약해 항암 치료도 시작 못했다고 말해준다.

여인은 작고힘없는 목소리로 만원 전철에서 자리에 앉게 된 것은 하느님이 앉게 해주신 것이라 믿고 고마워하고 있었다. 초면이지만 진정이 묻어나는 순수한 마음이 전해진다. 힘없는 손을 잡아주며 많이 드시고 체력을 길러야 한다고 진정으로 위로를 보냈다. 작고가벼워보이는 여인은 가끔 눈을 감았다뜨곤하면서 희미하게 웃어보였다. 여인의 고단함이 앉은의자에 파고드는 듯했다.

여인의 믿음이 푸른정맥핏줄이 솟아난 창백한 손등위로 파르르 떨고있다. 무거운 전동차 안의 공기가 겨울날같다. 전동차안의 사람들은 모두 자기 앞만 응시하고 있다. 먼저 내리며 '힘내세요!' 라고 힘주어 말하면서 밖으로 빠져 나왔다. 밝은 미소로 답하는 여인이 오히려 봄날같은 따스한 힘을실어 주었다. 아니, 순간 봄기운을 받았다.

집으로 오면서 잠시 생각에 잠겼다. 2,3초의 갈등으로 힘없는 아픈사람에게 고마운 마음을 전해주게 되었고, 이작은 양보로 무척 큰일을 해낸듯해 더불어 나도 기뻐하다니….

'봄'은 느끼고보여주는 정이라 생각된다. '봄'은 느리지만 뜨거운 열정으로 모두를 설레게 해주니, 실망하고포기하는 마음일지라도 새생명 주듯

새힘을 주고 있는 듯하다. 그렇다고 그저 가만히 앉아 봄의 새기운을 받기만을 기대하는 것은 아닌지…. 노력하고 서로 돕는 이에게 자연은 조용히도 응답하고있는 것이다.

올봄은 여기저기에서 날카로움을 부드럽게 다듬고 감춘 속얘기를 털어내 진심을 보여주기도하는 계절이기도하다. 우리는 봄에 새롭게 눈을 뜨고 '~을 보다.'라고 한다. 즉 '~을 보다.'는 무엇을 '봄'이다. 참 많은 것을 봄으로 눈을 뜬다. 감사함을 서로 나누고 몰랐던 이에게도 '힘내세요'라고 인사하는 봄의 힘! 진달래꽃의 속깊은 열정으로 서로 열린 마음펼쳐 손맞잡고라도 어깨를 그러안고 보듬어 주자. 만원 전동차 안에서도 우리는 봄(春)을 본(見)다. 초록빛 꿈을 꾼다.

<컬 럼>
겨울, 그냉철함과 뜨거움의 정신

눈덮인 겨울은 능선의 힘과 꿈틀거림이 눈에 시리다. 이런 계절엔 더 냉정히 사고하고 탁트인 시야로 앞을 내다보아야 한다. 모두 내려놓은 나무들의 가벼운 마음으로 깊은 사유를 하며 철학자로 살아도 되겠다.

격랑도 폭포도 아닌 조용한 음성으로 흘러가며 타이르는 물결로 그깊이를 더해야 하겠다. 얕은 시내에서 구르는 자갈의 부딪침이 아닌 흙탕물이 계곡을 깎아내리는 물살도 아닌, 넓고깊어 유유한 물길인 양 흘러야 하겠다. 죽어있던, 죽은 척하던 마른땅이 살아나 숨을 몰아쉬며 함성으로 벅차오른다. 식물은 번개처럼 원상 복구하듯 풀과 나무들로 다시 돌아와 숨었던 생명을 환히 펼치며 돌아온다. 눈이 없는 생명체, 동토의 얼음땅에서도 살아내는 위대한 생명체. 정글 속에서의 먹이사슬 순환 원리는 엄숙하고도 무궁한 생명의 모습을 자연스럽게 보여주고 있다.

시인들은 계절의 변화와 삶을 진지하게 노래한다. 세월이 깊어가며 시인의 겨울은 조금씩 변해간다. 생명이 기지개켜는 봄, 여름의 무성한 생명의 힘, 결실의 가을과 완숙미. 그 모든 경외감으로 빠져가다 겸허해진 마음으로 살짝 내린 눈의 겨울산. 엄숙미에 미끄러지며 발가벗은 나무들 제자리 지키고있는 나무의 존재를 받아들인다.

내 의식의 결정체는 얼음보다 냉철한 품위를 지닌다. 깨달음의 선비다.

철학자이다. 아름드리 소나무사이마다 산새소리 죽여가며 이저쪽 가지를 옮겨앉는다. 이길 찬겨울속으로 빠져가면 인제의 20미터나 되는 큰키의 자작나무숲으로 갈 수 있겠다. 벅차오르는 가슴 진정시킨다. 흰 수피가 눈속에서 더 희게 벋어올랐다. 벋은 자작나무의 순백 기상을 생각하면 두만강건너 러시아의 연해주가 떠오른다.

연해주를 중심으로 한 애국 지사들의 활약이 가슴으로 밀려온다. 역사 시간에 배운 독립 투사들의 전진 기지로 사학자·언론인·독립군, 음지에서 빼앗긴 나라를 위한 사투를 벌인 선열들, 굽힘없이 죽죽 벋은 자작나무의 기개를 바라보며 서른 살의 안중근은 사격 연습을 한다. 얼어붙은 나무숲이 떨었다. 1909년 10월 26일 중국 하얼빈 역, 이토 히로부미를 사살하고 '코레아 우라'를 외친 의병장의 외침이 겨울소나무숲을 울린다. 눈 덮인 겨울능선엔 꿈틀거림이 눈길 시리다. 더 냉철하고 탁 트인 시야로 앞을 봐야겠다. 가벼운 마음의 나무들도 철학자의 침묵을 닮는다.

요즈음 우리 사회를 어느 외국인은 '법치를 뛰어넘는 민심'(*public sentiment*)이라 말하고 있다. 한국에서 오래 살면서 경험해온 외국인의 시각을 외면해서는 안되겠다. 물론 각자의 견해가 있겠다. 우리 민족은 다양한 장점을 갖고있다. 부지런하고, 이웃사랑하고, 두뇌가 비상하고, 부모를 공경하고, 은근과 끈기로 어려운 역사를 지금까지 지켜왔다. 의욕적인 경제 성장은 여러 면의 도약적 발전으로 국제 사회의 위치마저 단단해졌다. 그 길에서 잘살아보자는 의욕으로 오늘을 이뤄냈다. 빛나는 경제 성장으로 선진국 대열에서 우리들의 위치도 당당해졌다.

자연은 순서를 인위적으로 세우지않는다. 봄 다음은 여름인 것이다. 여름이 덥다고 우선 가을로 앞당겨 갈 수는 없는 것이다. 우리는 자연의 섭리에 따라 순응해 사는 것이다. 옛선비들은 재물이 없더라도 구차한 모습은 아니었다. 우리는 그들을 존경해 왔다. 더불어 경주 최부자네는 대를 이어 근경의 존경을 받는 자랑스러운 참부자였다.

갑자기 부를 누리고싶고, 한을 풀고싶은 속성은 어찌 하랴만, 과욕이 부른 비극이 오늘 우리 모두가 함께 진흙물에 빠진 형상이 되어버렸다. 물은 위에서 아래로 흐르는 법이어서 순박하게 속아오던 이들이 깨어나면 그힘은 무엇으로도 막지 못할 것이다. 배신감은 변심한 애인보다 더 어쩌지 못하는 법이다. 손끝으로 꼭 찍기만 해도 모두 드러나는, 비밀이 있을 수 없는 세상. '내 손안에 있소이다.'는 소리가 들리지않는지….

각자 자기의 위치에서 올바르게 난국을 타개해 나가야 한다. 한국인의 따뜻한 정이 가슴을 시리게 한다. 예부터 '의'를 존중하던 우리, '측은지심'으로 서로의 눈을 똑바로 마주하는 특집 드라머의 대미를 써내야 한다.

도심은 촛불과 태극기로 이웃을 갈라놓는 일이 진정 이시대가 원하는 길인가. 한번 되돌아보는 마음들이 손잡고, 겨울 러시어 땅에서 나라를 찾고자 목숨걸었던 애국의 얼! 다시 새겨나가자.

겨울눈으로 눈부신 자작나무의 눈부신 수피가 얼음같은데, 냉철한 정신으로 큰산울림이 되어 나보다 우리를 사랑하는 하나된 힘을 보여야 할 때가 왔다.

<컬 럼>

'빈틈이 없다', 그틈에 관하여

'빈틈이 없다.'는 말은 야무지고 똑똑하여 매사에 틀림이 없고 모자람이 없다는 뜻이다. 단단히 익어서 제맛을 낼 때 살아가면서 하는 일마다 어긋남이 없고 순조롭게 편안히도 자신감을 가진다. 매사에 모자람이 없다면 더 바랄 것이 없겠다. 최상의 조건들이 이루어지는 상황을 마다할 사람이 있겠는가. 그러나 그러한 상황은 자주 일어나지않는다. 우리가 바라는 것과 현실은 일치하지 못할 때가 많다는 사실에 우리는 체념적 위로를 안고 내일을 향해 나간다.

'빈틈없다.'는 상황은 깔끔하고 산뜻하다. 쌓인 설거지감을 깨끗이 씻고 물기를 닦아 가지런히 한다음 도마는 씻어 햇볕에 내놓는다. 행주 삶아 널어 마무리하면 빈틈없는 며느리 소릴 들을 것이다. 그러나 손끝이 야무지지 못해 칼에 손이 베이거나 그릇을 깨뜨리면 눈살 찌푸리는 소리를 듣게된다. 빈틈이 한두 곳이 아니다. 그리고 그상황은 책망의 소리가 지나가면 관심을 가지고 다가오게 된다. 함께 해결의 방법을 찾는다. 실수를 인정한다. 잘못할 수도 있음을 이해한다. 빈틈이 많다고 너무 자책함은 바람직하지 못하다.

우리는 대부분 모자람속에서 최선을 다하고있다. 파산을 당한 부모는 가족을 위해 어려움을 해결하려 전전 긍긍한다. 최악의 상황도 생각하고

최소한 생명을 유지하며 몸의 일부 신장 하나쯤(가족을 지키기 위해) 내놓을 수 있다 생각해 본다. 그러나 그대가로 모든 문제를 해결할 수 없음에 좌절하고, 허리띠를 조이고 나서 다시 시작하는 마음으로 임한다. 경제적 타격으로 가족 간의 갈등이 겹쳐지고, 미처 살피지 못한 자신의 부족함을 뉘우치게 된다. '내가 무심하고 부족했어.' 하는 후회와 역설적으로 가족은 더 굳게 뭉치기도 한다. 어려움이 약이 되는 일에 감사하기도 한다. 실패한 삶의 사례를 보면서 '빈틈이 없다.'에 대해 컴플렉스에도 스트레스를 받지않을 수 있어 다행스러울 때도 있다.

'빈틈이 없다'는 물샐 틈없어 한 방울의 물도 새지않는다는 뜻이다. 나갈 수도 없다. 완전 무결한 미인이 오히려 시샘을 받듯 잠시의 실수를 허용받지 못하는 빈틈없음이 오히려 속박이 되기도 한다. 1백 퍼센트 완전함도 빈틈이 많은 부족함도 상황에 따라 각각의 값을 치르게 된다. 절대적이어야 하는 기준이 실상에서는 상당히 어려울 때가 많아. 물샐 틈없어 비집고나갈 수도 없는 '빈틈'의 무게는 글자 그대로 문제가 된다.

다시 말해 '빈틈이 많다.'함은 채울 무언가의 나머지 여유, 여지가 허용되는 상황이다. '빈틈없음'은 더 들어갈 여분이 없는, 생각이나 마음씀씀이 여지없이 냉정하다는 말이 된다. 빈틈이 없으므로 남의 말과 의견을 들을 필요가 없다는 뜻으로, 부족함에 대한 이해심이나 측은함까지를 거부한다. 사회적 관계의 폭이 좁아지게 되고 소통의 따뜻함이 어려워진다. '빈틈없음'은 꽉찬 상태이기에 더 좋은 일도 받아들일 여지가 없다. 부드럽지 못하고 딱딱하다.

물이 가득 찬 물병이 얼면 팽창해 병이 깨지고 만다. 새로움을 받아들이지 못한다. 서로 안아주기엔 양 팔이 겹쳐 그러안을 공간이 필요하다. '빈틈이 많다.'는 상황은 더 많은 것들을 불러모아 채우려고 한다. 모르는 것을 물어보고 실패를 내보이고는 조언을 구한다. 나를 내려놓고 너를, 모두를 받아안는다. 채워짐에 감사하게 된다. 참으로 상대를 사랑하게 된다. 넓은 아량으로 시야를 넓히게 된다. 수평적 관계로 함께 하는 오늘을 감사하게 된다. 보이지않던 얼굴들이 눈에 들어온다. 오늘에 머물던 눈이 내

일을 향해 자신있게 나아갈 수 있게 된다. 수용의 문제다. 수용의 유연함, 너와 내가 함께 할 수 있는 장(공간)이 될 수가 있다.

빈틈없이 살기도, 빈틈이 많아 최선을 다하기에도 노력해야 하는 삶. 각자의 상황을 정정 당당히 마주하고 자신을 바로보고 이웃을 돌아보며 부끄러움을 아는 인간(생활인), 빈틈을 관리할 수 있는 삶을 살아가는 자세가 중요하다고 본다. 세상 모든 생명을 고루 안아주고, 잘나고 못남도 큰눈으로 살펴볼 수 있는, 더 좋은 것으로 채울 수 있음과 부족함을 채울 수도 있음의 틈을 더 넓혀가는 일이 새삼 큰무게로 다가온다.

──2017.3.27. 한국 'NGO' 신문.

<수 필>

하얀 붕대위에 핀 6월의 불꽃
—— 피리소리 인해 전술에 밀린 작전상 후퇴

　인민 학교 뒷마당 늙은오동나무 흐르르 떨리고, 비행기 굉음에 학교지붕이 우르르 흔들린다. 풍비박산 어린이들이 책상밑에 코를 박고 콧등의 먼지에 철없이 웃는다. 하굣길은 텅비어 정적이 주는 공포속에서 집으로 간다.

　인민군은 외갓집을 전쟁 임시 본부로 삼아 접수했다. 바로옆 작은외가로 피난짐 풀고, 보위부에 쫓기는 아버지는 가운뎃방 이불장속에서 숨어지냈다. 감방보다 더 좁다. 온가족 총살의 바람이 항상 눈앞에서 어른거렸다. 인민군 병사는 임시 본부 지붕위에서 망을 엿보고있었다. 우리 뒷마당을 내려다보는 감시, 한 발은 늘 지뢰를 밟고있었다. 전쟁은 점점 치열해지고, ‘B29’는 쉴새없이 떴다.

　그해 겨울은 유난히 눈이 많이 내렸다. 국군 용사는 압록강물을 수통에 떠담는다. 한국군 6사단, 압록강 최초 돌파의 감격을 떠담는다. 남북 통일이 눈앞에 보인다. 푸른옷의 유엔 군은 크리스머스를 고향에서 보내리라는 기대에 설렌다. 설레이는 파노라마로 흐른다. 흰피부의 유엔 군은 눈과 추위에 약하다. 수많은 전사자 발생. 압록강을 넘어오는 누비옷의 중공군-인해 전술-1950년 10월 중공군 개입. 누비옷의 인해 전술, 엄청난 쓰나미 물결. 이어 흥남 철수 작전. 1951년으로 넘어오면서 작전상 후퇴, 통분을 삼키고 땅덩이가 뒤집어지는 흥남 부두의 엑소더스.

　아버지는 쫓기듯 함흥 병원 집을 나선다. 큰딸과 아들만 데리고 비장한 이별. 1·4후퇴 시작이다. 흥남 부두에 몰린 구름같은 피난민 행렬, 최후의 선택이다. 서호 부두에는 이웃4촌도 진짜4촌도 없다. 이불보따리를 이고는 서로를 찾아 헤매는 이름들, 우리는 너무 어렸다. 악착같이 흥남 철수선에 오르지도 못했다. 아버지는 급히 인편으로 함흥의 남은 식구들에게 철수선을 타지 못했음을 알리고 전화 위복, 서호에서 재상봉, 합류해서 드디어 작은 통통배에 옮겨탔다.

그해 섣달의 동해바다는 지금도 늘 내 가슴속에서 파도친다. 통통배가 동해에 뛰어든다. 망망 대해에 자유의 깃발 펼치고, 해안에서 멀리 남으로 남으로 바다에 떨어지는 별을 세며 남하하는 동해, 침묵으로 얼어붙은 동해에 떠있다.

'고래다!' 멀리 바다에서 물을 뿜어내고있는, 분명 고래를 보고있다. 통통배 사람들은 모두 술렁이고있다. 고래가 배밑으로 와 뒤척이기라도 하면, 아우성으로 한 쪽으로 기우는 배, 자유는 아직도 성난 파도를 헤어나지 못하고있다. 억센 비가 수직으로 꽂히고있다. 우리들은 숨죽여 감시, 포화를 피해 몰래 남쪽 항구에 닿았다.

바다의 솟구치는 힘, 동해를 들어올리듯하는 힘찬 고래의 모습, 등만 내놓고 강력한 물총을 쏘는 그의 힘을, 새끼들을 등에 올려놓고 숨쉬게도 하는 귀신고래. 사람도 포경선도 두려워하지않는 귀신고래. 지금도 내 가슴엔 그때 그 고래들이 힘찬 자유를 향해 물총을 쏘고있다.

'B29'가 마당에 총알을 뿌리며 폭탄을 떨어뜨려도 우리를 맞히지는않고 그냥 피해간다고 믿은 무섭지않았던 자유의 힘, 고래의 물총이 자유를 향한 물총으로 생각되는 가슴, 부산 피난살이, 철없는 어린아기는 매일 영도다리가 들려지는 모습에 넋을잃고, 푸른 창공과 갈매기 먼바다로 가는 배가 부르는 고동소리를 지금도 생각한다.

6월의 산등성이 산하가 불꽃 터지고
하얀 붕대위에 핀 6월의 불꽃.

*6·25와 1·4후퇴 피난살이는 다양하다. 여기저기 그때 이야기들을 모아 간략하고 진지하게 다시 추리고, 다른 얼굴로 어루 만져보았다. 2022년 9월에.

이 솔 - 약력

· 함남 함흥 출생. 본명 · 李聖子.
· 1·4후퇴 부산 피난 생활 후 서울에서 성장.
· 2001. 월간 '시문학' 신인상 등림.
· 2000. 중등 교사 명예 퇴직.
· 시문학 문인회·한국 현대 시인 협회·시문학 아카데미·국제 펜 한국 본부·한국 문인 협회 회원.
· '시현장' 동인.
· 시집 '수자직으로 짜기' '신갈氏의 외투' '수묵화 속 새는 날아오르네' '첼리스트를 위한 기도' '미술관 읽기' '소망의 플랫폼' '새는 날개로 완성된다' '날고파 그독수리'.
· 푸른시학상 · 청마문학 신인상 · 제39회 시문학상 수상.

· 15823. 경기도 군포시 수리산로 102. 설악주공@. 853동 109호(이성자). (010-2204-2163)
· leesol1104@hanmail.net

天山 詩選 140

4357('24). 01. 29. 박음
4357('24). 02. 02. 펴냄

이 솔 제8시집

날고파 그독수리

지은이 이   솔
펴낸이 申   世   薰
잡은이 신   새   별
판본이 신   주   원
판든이 신   새   해
판편이 金   勝   赫
펴낸곳 도서 출판 天 山

04623.서울시 중구 서애로 27(필동 3가). 서울 캐피털빌딩 302호 '自由文學' 출판부.
등록 1991.10.31. 제1-1269호

전자 우편 · freelit@hanmail.net
☎02-745-0405 ℱ02-764-8905

ISBN 979 - 11 - 92198 - 12 - 5   03810

*이 책은 한국 예술인 복지 재단의 지원금을 받아 펴냄.

값 15,000원